Heldensagen
vom
Kosmosinsel

옮긴이 **김완**

만화에서 라이트노벨, 일반소설까지 다방면으로 활동하는 번역자.
옮긴 책으로는 카와하라 레키의 『소드 아트 온라인』,
우로부치 겐의 『블랙 라군』, 후카미 마코토의 『영건 카르나발』 등이 있다.

외전 **01**

황금의
날개

다나카 요시키_지음

미치하라 카츠미_그림

김완_옮김

은하영웅전설

HELDENSAGEN VOM KOSMOSINSEL

이타카

은하영웅전설 외전 1권
황금의 날개

2011년 10월 14일 1판 1쇄 발행
2023년 9월 13일 1판 7쇄 발행

ISBN 978-89-267-7031-3 04830
ISBN 978-89-267-7020-7 (SET)

지은이 다나카 요시키
일러스트 미치하라 카즈미
옮긴이 김완

펴낸이 최원영 | **편집장** 김승신 | **편집진행** 권세라
표지 · 권도비라 이혜경디자인 | **본문구성 · 디자인** 오진경
마케팅 김민원

펴낸곳 (주)디앤씨미디어
출판등록 2002년 4월 25일 제 20-260호
주소 서울시 구로구 디지털로 26길 111 JnK디지털타워 503호

전화번호 02-333-2513
팩스 02-333-2514
E-mail lnovellove@naver.com

값 12,000원

| 차례 |

다곤 성역 회전기

……우주력 640년(제국력 331년)은 인류 역사에서도 핏빛으로 기록될 만한 해였다. 동년 2월, 골덴바움 왕조 은하제국과 자유행성동맹 세력이 처음으로 접촉하여 오랜 기간에 걸친 항쟁극의 막을 소리 없이 열었다. 또한 7월에는 제국의 원정군과 이에 맞서는 동맹군 사이에 대규모 전투가 벌어졌다. 이것이 바로 '다곤 성역 회전'이었다…….

"우리 가게는 매춘굴이 아니야!"

싸구려 호텔 '가우디'의 주인이 입만 열면 주장하는 말이지만, 이 호소를 진지하게 믿는 사람은 동맹 수도 하이네센 시민 중에는 한 사람도 없었다.

지금 그의 앞에 서 있는 사내도 주인의 호소보다는 세간에 나도는 소문을 더 믿는 듯, 날카롭다기보다는 언짢은 시선으로 어둠침침한 프런트를 둘러보았다. 30대 초반쯤으로 보이는 그 사내는 남들에 비해 키가 크고 말랐는데, 언짢은 시선의 인상이 너무나 강렬해 생김새는 훗날의 회상에서도 주인의 기억에 또렷한 상을 맺지 못했다. 있어야 할 곳에 있어야 할 것이 있었던 점만은 분명하지만.

"여자를 데리고 온 투숙객을 찾는데, 짐작 가는 데가 있소?"

그 무뚝뚝한 질문에 주인은 의문과 의심을 담아 사내를 올려다보며 대답했다.

"우리 호텔 손님들은 전부 아녀자들에게 인기가 있는 분들이라 말이오. 짚이는 곳이 한두 군데가 아니구먼. 뭐 특징이라도 없수?"

"나이는 서른여섯, 몸집이 크고, 머리는 검은색, 눈은 진남색. 코와 입은 하나씩 달렸소."

"잘생겼수, 못생겼수?"

"……나쁘진 않은 정도."

내키지는 않지만 사실을 인정하는 태도로 대답하다가, 생각났다는 듯 덧붙인다.

"대신 성격이 더럽지."

"……흐음, 그럼 댁의 형제요?"

빈정대봤지만 통하지 않았는지, 아니면 신경을 쓸 가치를 느끼지 못했는지 상대는 무덤덤했다. 그러다 이내 새로운 발견을 했다는 듯 가볍게 손가락을 울렸다.

"맞아. 어쩌면 여자를 두 명 데리고 왔을지도 모르겠군."

"정력도 좋구먼."

"절조가 없을 뿐이지. 아무튼, 생각나는 것 없소?"

주인은 없다고 대답하려다 관두고 솔직하게 말하기로 했다. 위험을 감지하는 본능이 그렇게 시켰다. 물리적 폭력 이상의 험악한 분위기를 느꼈던 것이다.

사내는 306호 문을 카드식 전자 열쇠로 따곤 말없이 실내로 들어섰다.

여러 여자의 교성이 침대 위에서 들려왔다. 그 목소리가 한순간 그치고, 금속성의 비난과 고함으로 바뀌었다. 언짢은 난입자는 언짢다는 태도로 그가 찾던 인물의 반응을 기다릴 뿐이었다.

침대 위의 사내가 다부진 상반신을 일으키며 짧게 웃었다.

"아, 토패롤 중장. 자네 같은 벽창호가 이 호텔의 고객인 줄은 몰랐는걸."

"내가 자네 같은 줄 아나, 링 파오."

토패롤이라 불린 사내는 벼락을 머금은 목소리로 대답하고, 여자들의 째지는 목소리를 마이동풍 격으로 흘려들으며 링 파오라는 사내에게 밖으로 나오도록 채근했다.

링 파오가 옷을 걸치고 여자들에게 지폐 몇 장을 던져준 후 밖으로 나오자, 토패롤이 다시 그를 노려보았다.

"오늘 내 군 경력을 통틀어 가장 끔찍한 명령을 받았지. 어떤 명령인지 듣고 싶나?"

"그거 꼭 들어보고 싶은걸."

"자네와 함대를 짜라더군. 자네가 사령관이고, 내가 참모장이라는 거지. 어때, 끔찍한 이야기 아닌가?"

"흐음……."

링 파오는 자못 진지하게 고개를 끄덕였다.

"그건 진짜 나 같아도 사양하고 싶은 명령인걸. 나랑 같이 싸우라니……."

자유행성동맹 최고평의회 의장, 다시 말해 국가원수이자 최고행정관인 마누엘 후안 파트리시오는 강력한 지도자라기보다 온후하고 중용을 아는 조정자라는 평가를 들었다. 작년에 예순 살로 평의회 의장에 선출되었는데, 그 전에는 각료를 두 번 역임했으며 큰 탈 없이 이를 수행했다. 능력에서도 인격에서도 나쁜 평가를 듣지는 않았지만, 은하제국군의 침공이 국민들에게 1년 일찍 알려졌더라도 국가원수 자리에 오를 수 있었을지는 알 수 없다. 신사이기는 하나 거대한 위기에 직면했을 때에도 의지할 만한 인물일지는 미심쩍었기 때문이다.

그런 이미지로 따지자면, 오히려 파트리시오의 대립 후보였던 코넬

영블러드 쪽이 더 강력한 지도자처럼 보였다. 파트리시오보다 스무 살이나 젊었으며, 날카로운 기백과 풍부한 행동력을 지녔다. 그는 성간순찰대의 수석감찰관으로서 군기 확립에 뛰어난 수완을 발휘했으며, 이후에는 반 풀 성계 정부 수상에 취임해 경제와 사회에 대담한 개혁을 행하고, 진보파의 기수가 되어 중앙정계에 진출했다. 선거의 승패가 갈린 후 파트리시오는 젊은 정적政敵에게 입각을 권했으며, 영블러드도 주눅 들지 않고 국방위원장 자리를 받아들였다.

당시 사람들에게도 불만거리는 몇 가지 있었지만, 후세에서 보기에 민주정치의 정신은 아직 쇠하지 않았다. '은하제국의 폭정에서 벗어나 고난에 찬 1만 광년의 장정을 감행했던' 알레 하이네센의 이름은 진심 어린 경의와 함께 부모에서 자식에게 전해졌다. 독재 경향은 뿌리를 내리기도 전에 싹수부터 뽑아냈으며, 부패하기 쉬운 토양에는 많은 빛을 비추었다.

말 그대로 '좋았던 옛 시절'이었던 것이다.

하루는 영블러드 국방위원장이 파트리시오의 집무실을 찾아가 토론을 했다. 은하제국군의 침공을 피할 수 없게 된 후로 영블러드는 직책을 열심히 수행했으나, 제국군에 맞서 싸울 함대 총사령관으로 링 파오 중장, 총참모장으로 유수프 토패롤 중장을 임명한 인사에는 한마디 해야겠다고 생각했던 것이다.

원래 동맹의 군대는 오늘날을 예상하고 —— 다시 말해 은하제국이 언젠가 동맹과 접촉해, 정복과 지배를 위한 대군을 보낼 날이 반드시 오리라 상정하고 만들어졌다. 문자 그대로 하루아침을 위해 백 년 동안 병사를 양성한 셈이다. 건국자들의 선견지명과 비장한 심정을 생각하면 군인 된 자들은 피 끓는 심정으로 필승을 서약해야 하리라. 그러나 링 파오와 유수프 토패롤의 언동에선 감동과 사명감이 거의 느껴지지 않아, 젊고 패기 어린 국방위원장은 씁쓸한 불만을 품을 수밖에 없었다.

"의장님께서 통합작전본부장의 추천을 받아 결정하신 사항인 만큼 재고하라고는 말씀드리지 않겠습니다만, 용케도 트러블 메이커를 둘이나 모아놓으셨군요. 우선 링 파오가 어떤 자인지 아십니까?"

"무책임한 소문도 있기는 하지. 그가 색골이라는……. 나는 믿지 않네만."

"색골이라고까지는 말씀드리지 않겠지만, 여성만 보면 눈이 돌아가는 것은 사실입니다. 손가락과 발가락을 모두 합쳐도 헤아릴 수 없을 정도로 문제를 일으켰으며, 소송까지 벌어진 적도 있지요. 행성 미르푸르카스 통신기지에서 일어난 사건은 아십니까?"

의장이 고개를 가로젓자 진실의 사도로 둔갑한 국방위원장은 목소리를 높였다.

"그 통신기지에는 장교, 부사관, 병사를 합쳐 열네 명의 여군이 있었습니다. 그리고 링 파오는 그들 중 무려 열두 명과 동침을 한 겁니다."

"모두 합의하에 했던 거잖나?"

"그렇긴 합니다만, 그중 셋은 유부녀였단 말입니다! 예, 합의인 만큼 물론 범죄는 아니지요. 아니지만, 국민들이 군 고관의 기강을 의심하기에는 충분한 실적이라고 해야 하지 않겠습니까?"

의장은 살짝 헛기침을 했다.

"자네가 무언가 오해를 한 모양이군. 난 링 파오를 여학교 기숙사 사감으로 임명했던 게 아니네만."

개인적으로는 그것도 재미있겠다고 생각하지만…… 이라고 덧붙이려다 관두었다. 국방위원장은 분명 농담을 즐길 기분이 아닐 테니까.

"링 파오도 유수프 토패롤도, 무언가 문제를 일으켰던 인물이라는 건 나도 잘 아네. 하지만 아무런 장점도 없는 자가 30대에 제독 자리에 앉을 만큼 우리 동맹군을 대충 조직하진 않았을 텐데, 아니었나?"

"그 말씀은 옳습니다. 무능함과는 거리가 먼 자들이기는 하지요. 이제까지 세운 무훈도 헤아릴 수 없습니다. 그건 분명하지만……."

"게다가, 인사의 왕도라고 할 수는 없을지 몰라도, 트러블 메이커를 우두머리로 놓는 편이 동료로 두는 것보다는 차라리 나은 법일세. 그 점은 내 경험을 믿어도 되네."

"……네, 그건 그럴지도 모르겠군요."

국방위원장은 씁쓸한 웃음과 함께 노련한 선배의 말을 인정했다.

"지금 우리에게 정의란 싸워 이기는 것일세. 참으로 저열하네만 사실은 사실이고, 눈을 감는다 해서 사라질 일은 아니지. 그리고 눈앞의 정의를 실현하려면 그들의 존재가 반드시 필요하네."

"패하면 우리의 존재는 말살되고, 은하제국은 광활한 새 영토를 장악하겠군요."

"그래. 패하면 모든 것이 끝나지."

"이기면요?"

"이기면 모든 것이 시작되겠지. 대립일지 항쟁일지 공존일지, 그건 나도 아직 예측할 수 없지만 아무튼 무언가가 시작될 게야. 그러면 좋은 방향으로 이어지도록 노력도 할 수 있을 테고. 그렇지 않나, 영블러드?"

유수프 토패롤은 후세에도 '불평꾼 유수프'라는 별명으로 알려질 만큼 불평과 독설이 많은 사내였다.

"왜 나 혼자 이런 고생을 해야 하지?"

"이놈이고 저놈이고 무슨 일만 생기면 꼭 나를 찾아. 스스로 좀 해결해 봐."

"동맹군에 군가가 어디 있어? 기껏해야 '월급도둑 왈츠'와 '밥벌레 탱고' 뿐이지."

"상부는 무능한 놈들만 오냐오냐한다니까. 동료의식도 작작 좀 챙기라고."

일부 사례만 들어보더라도 이 정도니, 같은 시대의 지인들에게는 '불평'이라는 표현도 매우 약했으리라 짐작할 수 있을 것이다.

링 파오와 함께 일을 하게 된 유수프 토패롤은 이번 인사에서도 불평이 자자했으므로, 국방위원장의 명령을 받은 한 국방위원이 그를 찾아가 설득했다.

"귀관의 임무는 민주공화정 체제를 전제국가의 마수에서 지키는 숭고한 것일세. 좀 더 기뻐해야 하지 않겠나?"

유수프는 무례하게도 콧방귀를 뀌며 냉담하게 대꾸했다.

"그렇게 숭고한 일이라면 다른 사람에게도 이 기쁨과 감격을 좀 나눠주고 싶군요. 저 혼자 짊어지면 불공평하지 않겠습니까?"

"토패롤 중장, 자네는 인생을 이해득실로만 생각하나? 지나치게 삭막한 인생관이로군."

"꼭 손해를 본 적 없는 분들이 그런 설교를 좋아하는 법이죠. 마음 편해서 좋겠다는 생각밖에 안 드는데요."

"반드시 그렇지만은 않네. 자네 식으로 말하자면 '사회에서 손해를 보는 사람들'도, 실제로는 남에게 희생정신의 아름다움을 설파하는 경우가 많지 않나."

"그건 자기 혼자 손해 보는 게 싫으니까 남을 끌어들이려는 것뿐이고요."

유수프 토패롤은 흔들림 없는 확신을 담아 단언해 그를 선도해 주려던 국방위원의 시도를 산산조각으로 박살 내고 말았다. 퇴각한 국방위원은 영블러드에게 호소했다.

"그렇게 비뚤어진 사람은 제 평생 처음 봤습니다! 조국의 존망이 걸린 전투를 대체 어떻게 생각하는 건지 모르겠군요."

"그래도 맡길 수밖에 없잖나."

위원장은 천연덕스럽게 받아넘겼다. 깜짝 놀란 국방위원은 위원장이 아무래도 파트리시오 의장에게 세뇌당한 모양이라 추측하고, 이번엔 자발적으로, 또 다른 문제아인 링 파오를 찾아갔다.

당시 링 파오는 플로린다 웨이어하우저라는 붉은 머리 정부와 동거했다. 그럼에도 시내에서 여자를 사는 것을 유수프 토패롤이 목격한 바 있다. 후세의 전기작가들에 따르면 링 파오가 평생 관계를 가진 여성은 성명이 판별된 것만 94명, 실제로는 그 열 배에 이르는 것으로 추정되는데, 그녀는 그중에서도 가장 지명도가 높은 다섯 여인 중 하나였다. 결국 결혼은 하지 못했으나 링 파오의 죽음을 지켜보고는 장례식과 매장까지 치른 것이 그녀였다.

국방위원은 고급장교용 클럽에서 플로린다와 식사를 하던 링 파오를 발견하고 불타는 멸사봉공의 정열로 동석을 청한 후 조국이 위기에 빠졌음을 뜨겁게 설파했다.

"만일 우리가 패한다면 건국의 아버지 알레 하이네센 이래 1세기에 걸친 우리의 노력은 물거품으로 돌아가네. 인류사회가 다시 전제정치의 손아귀에 떨어지는 걸세."

"거 큰일이네요."

링 파오는 위기감이라곤 조금도 없는 얼굴로 말하더니, 손짓으로 웨이터를 불러 디저트로 구스베리 파이와 크림 티를 주문했다.

"식욕도 좋군."

국방위원은 서툴게 빈정거려보았다. 식사를 단순한 일과로 생각하지 않는 링 파오는 오른쪽 뺨을 맞자 양쪽 뺨을 후려갈겨 보복했다.

"먹고 싶은 것도 못 먹게 하는 국가나 사회를 위해 죽을 필요는 없다, 그게 민주주의의 원칙이죠. 제 말이 틀렸습니까?"

"자네의 논법은 너무 극단적이군."

"극단화는 상징화로 이어져서 사태의 본질을 명확히 드러내지요."

"과연 그럴까? 내게는 자네가 민주주의보다 디저트를 중시하는 것처럼 들리네만."

"민주주의는 못 먹지만 디저트는 먹을 수 있잖습니까? 그것도 맛있게."

국방위원은 테이블을 손바닥으로 내리치더니 거친 발소리와 함께 나가버렸다. 링 파오는 슬쩍 입술을 일그러뜨렸다. 플로린다의 시선이 국방위원의 등에서 애인의 얼굴로 향했다.

"괜찮겠어? 그렇게 대들어도."

"같잖은 질문에 같잖게 대꾸한 것뿐이야. 정치가들 비위까지 맞춰줄 만큼 월급을 많이 받는 것도 아닌데."

플로린다는 갸름한 턱을 두 손으로 받치며 새삼 애인을 바라보았다.

"당신은 유수프 토패롤이 호전적이고 협조성이 부족하다고 하지만, 그러는 당신도 비슷한걸. 혀를 내밀더라도 상대의 뒷모습에 대고 내미는 요령 정도는 배우는 게 좋지 않겠어?"

"그딴 놈을 나하고 비교하면 어떡해? 난 적어도 상대를 골라가면서 삐딱하게 굴어. 그 자식은 무차별이고."

"안 좋은 쪽으로만 골라서 그러는 것처럼 보여."

"견해의 차이겠지."

"아무튼 당신이 말하는 '그딴 놈' 하고 콤비가 됐으니 좀 사이좋게 지내봐."

디저트가 도착하는 바람에 링 파오의 반응은 약간 늦어졌다.

"아무리 아군끼리 사이좋게 지내봤자 질 때는 지게 돼 있어. 무의미해."

"이기기 위해 성질을 죽이고 단결해야겠다는 생각은 안 들어?"

"이기기 위해서라······."

링 파오는 구스베리 파이를 근면한 위장으로 보내고는 만족스럽게 배를 쓰다듬었다. 애인의 질문에 대답한 것은 크림티를 다 마신 후였다.

"앞으로 제국하고 몇 세대에 걸쳐 전쟁을 벌일 거야. 하루아침에 결판을 낼 수는 없어. 이기기 위해, 그 기나긴 세월 동안 국민 전부가 성질을 죽여야 한다니. 그건 너무 끔찍한 소리 아냐?"

"그건 그래."

플로린다는 고개를 끄덕이곤 손을 대지 않은 채 놓아두었던 크림티를 바라보다가, 갑자기 키득키득 웃었다.

"생각해 보니 당신하고 유수프 토패롤은 꽤 좋은 콤비가 될 것 같아."

"뭐야? 이상한 소리 집어치워, 플로린다."

"토패롤도 똑같이 생각할걸? 사실 중요한 건 그거야. 피차 서로를 정말 싫어하지만, 그놈을 다룰 수 있는 건 나밖에 없다고, 나 말고 누가 그런 일을 하겠냐고, 그렇게 생각하면 자존심도 안 상할 거야."

"흥……."

링 파오는 웬일로 대꾸도 하지 않고 입을 다물어버렸다.

유수프 토패롤은 통합작전본부 건물의 집무실에서 서류 작업에 전념하다가, 총사령관 링 파오가 입속에서 무언가를 쩝쩝거리는 것을 발견했다. 신경이 쓰인 참모장이 물었다.

"뭘 빨고 있는 건가, 아까부터."

"성병 치료용 설하정舌下錠."

링 파오를 노려보는 유수프 토패롤의 눈초리는 살인미수 현행범의 눈초리에 가까웠다.

"이참에 말해두겠네만, 난 자네의 그런 점이 정말 마음에 안 들어! 불건전하다는 생각은 안 드나!"

"장난이야, 토패롤 중장. 조크 좀 해 본 거라고. 이건 그냥 비타민제야. 그러니까……."

"자네에게 조크에 대한 설교를 듣기는 싫어. 장난이라는 건 나도 알아. 내가 화가 나는 건 자네의 장난이 너무 천박하다는 거야!"

"……."

"뭐라고 말 좀 해보시지."

"할 말이 없어서 가만있었는데, 마음에 안 들었어?"

유수프는 뭐라고 소리를 지르려다 입을 다물더니, 더 이상 비아냥거리지도, 독설을 퍼붓지도 않고 묵묵히 일에 몰두했다.

총사령관 링 파오 중장, 총참모장 유수프 토패롤 중장 아래 동맹군은 아무튼 요격 태세 정비에 착수했다.

"전장 밖에서 승패를 결정하는 것은 정보와 보급이다."

통합작전본부장 비로라이넨 대장은 그렇게 단언하고 후방근무본부를 설치해 스스로 초대 본부장을 겸임했으며, 젊은 지휘관들이 전장에서 충분히 수완을 발휘할 수 있도록 환경정비에 힘을 다했다.

워드, 올레빈스키, 안드라슈, 외르스테드, 문가이 제독은 모두 총사령관과 같은 연배였으며, 용기와 용병술도 뛰어나다고 평가할 만했다. 문제라면 총사령관과 총참모장에게 복종심이 있는지가 아니었을까. 링 파오와 유수프 토패롤 콤비가 그들을 지휘한다는 것을 알았을 때 워드는 신음했고, 올레빈스키는 살짝 혀를 찼으며, 안드라슈는 어깨를 으쓱했고, 외르스테드는 하늘을 쳐다보고, 문가이는 한숨을 쉬었다. 그들의 인내심에는 작지 않은 시련이었다. 그들은 감정보다도 의무를 우선시할 만큼 양식이 있었지만, 평의회 의장, 국방위원장, 통합작전본부장 같은 고관들이 잇달아 찾아와 신뢰를 피력하지 않았더라면 전의를 상실했을지도 모른다.

은하제국은 개조開祖 루돌프 폰 골덴바움이 즉위한 지 3세기 이상이 지나, 제20대 황제 프리드리히 3세가 통치했다. 그는 선제 레온하르트 2세의 조카로서, 친아들이 없는 숙부의 양자가 되어 지존의 관을 머리에

썼다. 레온하르트는 황후 크리스티네의 강한 권유에 따라 조카를 양자로 맞고, 그 직후 급사했다. 때문에 당시에는 황후와 후계자 사이에 불순한 관계가 있지 않았을까 수군거리는 자도 적지 않았다.

황제 프리드리히 3세에게는 아들이 넷 있었다. 황태자로 책봉된 것은 장남 구스타프였으나, 매우 허약한 체질이라 황태자로서 국사를 수행하기는커녕 평범하게 생활할 능력조차 부족했다. 근위여단 사열식 도중 빈혈로 쓰러진 일도 있어, 신하들은 그가 거대한 제국의 전제군주가 될 자질이 있는지 불안했다.

차남 막시밀리안 요제프는 지성에서나 건강에서나 수준 이상이었으나, 모친이 하급귀족의 딸이라 문벌귀족의 배경을 전혀 얻지 못한 탓에 거의 자동으로 후계자 레이스에서 제외되었다. 본인도 정치에 야심을 보이지 않고 지방의 영주로 눌러앉아 자신의 운명에 안주한 것처럼 보였다.

삼남 헤르베르트는 지성은 둘째 치더라도 건강과 야심에선 흠잡을 곳이 없었다. 행동력이 뛰어나고 적극적이었으며, 필요에 따라 활달하게도 조심스럽게도 행동할 줄 알았다. 친구와 부하들에게는 다소 강압적이기도 하지만 친절하고 싹싹해 인망도 제법 있었다. 그 인망은 특히 술을 마실 때 한층 더 높아졌다. 왜냐하면 기분 좋게 취기가 돌면 이 귀공자는 늘 이렇게 말했기 때문이다.

"내게 더 높은 지위와 강한 권력이 있다면 자네들에게 훨씬 풍요로운 우정의 증거를 보여줄 텐데."

사남 리하르트는 바로 위의 형과 서로 극심하게 증오하는 사이였다. 그와 헤르베르트는 혈통이라는 **애매모호**한 것이 분명히 존재할 때도 있다는 사실을 증명하는 것 같았다. 성격도 용모도, 서로 진저리를 칠 만큼 닮았던 것이다. 코가 약간 큰 것을 제외하면 어느 정도는 미남자로 통할 만했으며, 체격도 자세도 듬직했다. 사고방식 또한 비슷해, 둘 모두 지존의 지위와 최고권력에 가장 어울리는 것은 바로 자신이며, 다른 형제에게는 짐이 무거울 것이라고 굳게 믿어 의심치 않았다. 자신에게 지위와 권력을 계승할 자격이 있는가 하는 의문은 추호도 품지 않았다. 그들에게 권력이란 골덴바움 가문의 부속물 내지는 선조 대대로 전해져 내려온 장식품 같은 것이었으므로, 한 혈통이 독점해선 안 된다는 관념은 상상조차 할 수 없었다. 만약 그런 생각을 공공연히 표명하는 자가 있다면 사회질서유지국의 무자비한 손에 붙들려 인간의 권리를 모조리 박탈당하고 말 것이다. 그들의 위대한 선조 루돌프 폰 골덴바움이 자손을 위해 남긴 제국의 영역은 비록 광대할지라도, 이를 지탱하는 정신은 그만큼 넓지 못했다.

"이것은 대규모 수렵 그 이상도 그 이하도 아니다."

어전회의에서 '반란군 불법점거지' 원정이 결정되었을 때 군무상서 팔켄호른 원수는 그렇게 말했다. 딱히 거만을 떨 생각은 아니었으며, 당사자는 그저 사실만을 지적하고자 했을 뿐이었다. 100년도 더 전에 유배지에서 탈주한 공화주의자들의 자손이 우주 한구석으로 달아나 신천지인 양 행세해봤자 무엇이 그리 대수란 말인가.

그것은 제국 중신들의 공통된 생각이었으나, 상황이 변화함에 따라 이 표현에도 다소 수정을 가해야만 했다. 황제 프리드리히 3세의 삼남 헤르베르트 대공 전하가 원정군 총사령관으로 임명되었기 때문이다.

이것은 황제가 병약한 황태자를 **포기**하고 새로운 계승자 후보에게 무훈의 금박을 입혀주려 한다는 암시였으므로, 중신들도 뜻을 받들어야 했다. '대규모 수렵'은 그 후 '역사상 전무후무한 거사'라는 미사여구로 바뀌었다. 이 거대한 전제국가에서는 황제의 뜻이란 모든 법률과 조례에 우선하는 존재이며, 그 앞에서는 오로지 복종만이 존재할 수 있었다.

그런데 황실에서 반대하는 이가 나타났다. 황제의 이복동생이자 제국군 상급대장 계급을 가진 슈테판 폰 바르트바펠 후작이 어전회의에서 이 원정계획에 호된 비판을 가한 것이다.

"이번 원정에는 세 가지 불리한 점이 있습니다. 첫째, 시간에서 불리합니다. 준비기간이 지나치게 부족합니다. 그러나 필승을 기하려면 조사와 정보 분석에 시간을 들여야 하는데, 이는 적에게 방어를 준비할 충분한 시간을 주는 결과를 낳을 것입니다. 이 피하기 어려운 모순을 어떻게 해결할 생각이신지? 둘째, 지리조건에서 불리합니다. 아군은 1만 광년을 원정해야 할진대, 대군의 보급만을 생각하더라도 이 원정이 얼마나 어려운지 알 수 있을 것입니다. 게다가 적은 분명 정밀한 성도星圖를 지녀 지리에도 밝을 터인데, 반면 아군은 이정표도 없는 적지에서 싸워야만 하지 않습니까? 마지막으로, 인적자원에서 불리합니다. 이처럼 중대하고도 어려운 원정의 지휘를 숙련된 장수에게 맡기지 않고, 전쟁과 카드놀이조차 구분하지 못하며 세상 무서운 줄도 모르는 교만한 자에게 던져주다니, 이 무슨 망령된 짓이란 말입니까. 공사公私의 차이를 모르고, 국운國運과 가운家運을 동일시하며, 나아가 국가와 민중을 해하는 일이 없도록 본관은 절실히 희망하는 바입니다."

이 발언은 회의 전체를 뒤흔들었으며 젊은 대공의 노기를 강렬하게 자극했다.

"숙부님께서는 저를 가리켜 교만하다 하셨습니까? 부당한 말씀을 하신다면 아무리 일족의 장로長老라 하여도 용서할 수 없습니다."

장로라 불리기에 지나치게 젊은 숙부는 나이 차이가 열 살도 되지 않는 조카를 날카롭게 노려보았다.

"헤르베르트 대공, 경이 두 형님을 추월하여 제위에 오르기를 바란다면 이번 원정을 지휘할 생각은 접어두시오. 경의 목숨을 앗아갈 것이 분명하니. 진정으로 제위를 바란다면 최소한 자신이 무엇을 할 수 있고 무엇을 할 수 없는지, 그 정도 판단력은 갖추어야 하지 않겠소이까. 시정잡배라면 폐해는 기껏해야 가족과 지인에게만 미칠 터이나, 황제라면 수백 항성세계에 영향이 미치는 법이외다. 함부로 무훈을 자랑하기 전에 무력을 남용하지 않는 마음가짐을 배워야 하지 않겠소."

관자놀이에 혈관이 불거진 채 헤르베르트는 반론도 하지 못했다.

미식과 황음荒淫에 늘어진 안면 근육을 파르르 떨며, 황제는 눈치 없을 정도로 강직한 이복동생을 노려보았다.

"그럼 경은 어찌하는 것이 좋겠다는 말인가?"

"반도들과의 전투를 피할 수 없다 하여도, 이미 1세기 이상이나 방치해 두지 않았사옵니까? 구태여 오늘날에 와서 성급하게 사태 해결에 나설 필요는 없다고 보는 바, 우리 은하제국의 영내에 군사 거점을 구축하여 그들의 침입에 방비함과 동시에 장래의 원정을 대비한 보급 및 통신의 중계지로 삼음이 옳지 않을까 하옵니다. 현재로서는 이러한 침공이 불필요하며, 경계를 침공당하지만 않으면 될 줄로 아옵니다."

"지금 영내라고 하셨습니까, 숙부님?"

후작을 노려보는 헤르베르트의 안광에 독기가 어렸다.

"넘겨들을 수 없는 망언입니다. 우주가 광대무변廣大無邊하나 그 모든 곳이 은하제국의 영역이며 황제 폐하가 통치하는 곳이거늘, 그 어디 경계가 있다는 말씀이십니까? 숙부님께서는 은하제국이 전 우주의 유일한 정치체제이며 황제 폐하가 전 인류의 통치자라는 진리를 부정하십니까?"

명백하게 논점에서 벗어난 조카의 으름장에 숙부는 쓴웃음으로 대답했다.

"타인의 의견에 꼬투리를 잡는 것이 황제의 자격이라 배우셨소? 골덴바움 가문의 장래가 기대되는구려."

"입을 다물라, 슈테판. 그 이상의 발언을 금하노라."

말문이 막힌 아들을 대신해 황제가 비판자의 입을 봉해버렸다. 그 표정과 어조를 통해 중신들은 바르트바펠 후작의 말로를 확신했다.

이럴 때 강직함은 죄였다. 옳은 것을 당당하게 말해보았자 그 누구도 구해주지 않는다. 황제가 노기를 발하고 용감한 발언자가 보답받지 못한 채 파멸하면, 그 후로 사람들의 입은 더더욱 무거워질 뿐이다.

게다가 정론의 존재가 오히려 강경론의 가속을 촉진할 때가 있다. 이때가 바로 그러했다. 바르트바펠 후작의 의견은 타협과 해석의 여지가 없었으므로, 헤르베르트와 그의 아버지는 이를 기피했으며 다른 중신들도 찬동의 뜻을 보이지 않고 배척했다. 후작은 군부의 직위를 반납하고 궁정에서 내쫓겼으나, 황제는 여기에서 그치지 않고 추격타를 가하듯 제국 수도 출입을 금지하고 작위도 남작으로 떨어뜨렸으며, 영지마저 8할가량 몰수했다. 바르트바펠 후작은 삭감당한 영지의 산장에 틀어박혀 두 번 다시 세상에 나가지 않은 채 3년 후 병사했다.

은하제국이 자유행성동맹의 세력범위와 자국령의 경계지점에 이제르론 요새를 건설해 바르트바펠 후작의 선견지명을 말없이 인정한 것은 반세기의 세월이 지난 후였다.

원정 준비는 급속히 진행되었다. 황제와 대공이 바르트바펠 후작을 빈정거리고자 더더욱 서두른 것이었을지도 모른다. '불경한 반도의 무리'를 정벌하는 데 동원한 병력은 장병 440만 8000명, 워프 능력을 보유한 크고 작은 함정 5만 2600척에 이르렀으며, 이 점에서 보자면 '사상 전무후무한 거사'라는 표현도 과장은 아니었다.

황제는 궁정에서 쫓겨난 이복동생의 의견에 다소 수긍이 가는 점을 발견했는지, 아들을 보좌할 참모진을 노련한 제독들로 다져놓으려 했다. 그러나 이것은 견제를 바라지 않는 헤르베르트의 반발을 샀다. 전능하고도 불가침해야 할 황제는 한발 물러나 참모진 절반의 인선을 아들에게 맡겼다. 결과는 뜻있는 중신이나 제독들이 눈살을 찡그릴 만한 것이었다. 헤르베르트는 그의 사교실 친구들에게 화끈하게 벼슬자리를 뿌렸으며, 그 결과 난생처음 군복을 입는 20대 장성이 네 사람, 엉판급 장교가 여덟 사람 탄생했다. 자신은 제국원수가 되었다. 검은색을 기조로 곳곳에 은색을 배치한 화려한 군복은 젊은 대공의 세련된 미적 감각을 충분히 만족시켰다.

제도 오딘을 출발한 지 25일 후, 제국군은 훗날 '이제르론 회랑'이라 불리는 공역에 접어들었다. 그곳은 여러 가지 의미에서 위험한 지대였다. 우선 자연조건이 지극히 나빴다. 변광성, 이상중력장, 적색거성 등이 뒤얽힌 곳에서 가느다란 안전지대를 손으로 더듬듯 전진해야만 했다. 과거 자유행성동맹의 건국자들은 장정 때 이곳에서 과반수의 동지를 잃었다. 아울러 적진과 가깝기 때문에 언제 어디서 적의 복병이 게릴라전을 펼칠지 모른다는 위험도 있었다.

총사령관 헤르베르트 대공 전하는 제도를 출발했을 당시에는 좋은 의미로 흥분감과 긴장감을 품었지만, 두 달 가까이 이를 지속하는 것은 쉽지 않은 일이었다. 이미 그의 정신과 육체는 이완의 언덕을 굴러 내려가는 중이었다. 적지에 가까우며 항로가 안전하지 못하다는 말을 들으면 한때나마 심신의 작용이 활발해졌지만, 그것도 하루만 지나면 까맣게 잊었다. 나중에는 군복 입는 것조차 꺼려하며 환경이 허용하는 한 나태에 목까지 잠겼다.

참모 중 절반은 헤르베르트의 개인적인 친구였으므로 오히려 기꺼이 여기에 가담해 총사령부를 젊은 귀족들의 유흥장으로 바꿔놓고 말았다. 총사령부에는 활기가 가득했다. 원래 군대와 전장에서 보여야 할 활기는 아니었다. 밝고, 기지와 교양이 넘치고, 그런데도 어딘가 공허했다.

나머지 절반의 참모들은 제국 내에서 발생한 크고 작은 반란, 동란, 해적행위, 민중봉기로 실전 경험을 쌓은 군사활동의 전문가였으며, 총사령부가 사교실로 변하는 것이 결코 마뜩하지는 않았으나 묵인했다. 사실 대공 전하가 장식에 불과하다면 전투도 쉬워질 테고, 그들이 공을 세우는 데도 도움이 되기 때문이다. 어정쩡한 지식과 강대한 권력을 가진 **문외한**만큼 걸림돌이 되는 존재도 없다.

제국군에는 여군이 없었으므로 참모들은 동맹군처럼, 더 정확히 말하자면 링 파오의 상사나 부하처럼 풍기가 문란해질 걱정을 할 필요는 없었다. 물론 일부 고생을 사서 하는 자들은 방자하고 변덕이 심하며 정력은 넘쳐나는 대공 전하가 여성 대신 미모의 소년병을 요구하지는 않을까 우려했으나 —— 사실 '병영연애'라는 표현은 수천 년도 전부터 있었으므로 —— 아무래도 기우로 그친 듯, 대공 전하는 술과 도박과 사격연습, 병사들의 격투기 훈련 관람, **똘마니**들이 가져온 수상쩍은 입체 VTR 감상으로 시간을 때웠다. 이따금 발생하는 사고도 그의 흥미를 자극했다.

함정간의 충돌, 자기폭풍, 중력폭풍, 운석우隕石雨 등 참모들의 두통거리가 그에게는 흥미의 초점이었다. 처음에는 이런 사고를 접할 때 기함 스크린을 이용하더니, 나중에는 요란하게 치장한 전용 셔틀을 타고 사고현장을 방문했다. 대공 전하의 '시찰'이 끝날 때까지 원정군은 전진을 멈춰야 했으므로, 참다못한 참모진은 수사법을 있는 대로 발휘해 대공 전하의 관심을 전장으로 돌려놓았다. 이를테면,

"황제 폐하는 전하께서 개선하실 날을 손꼽아 기다리고 계시옵나이다."

……따위의 온갖 표현들을 생각하느라 그들은 함대운용에 필적하는 고생을 맛보았다. 이 말에는 헤르베르트노 아버지의 기대를 떠올리고 전진을 명령할 수밖에 없었다.

"말하자면 전하께는 모든 것이 지루함을 달래기 위한 사건일 뿐이네."

참모 중 한 사람인 잉골슈타트 중장이 친구 하젠클레버 중장에게 속삭인 말은 헤르베르트의 현실감각이 얼마나 떨어지는지를 정확하게 표현하는 것이었다. 잉골슈타트만큼 인식력이 뛰어난 인물이 없었던 것은 아니지만, 헤르베르트에게 쓴소리를 하는 참모는 나타나지 않았다. 슈

테판 폰 바르트바펠 후작이 궁정에서 쫓겨난 이유를 모두 잘 알았으므로, 자신의 지위와 목숨을 걸면서까지 그에게 직언하려는 자는 이제 존재하지 않았던 것이다.

이것은 무엇보다 원정군의 승리를 의심하는 자가 없기 때문이기도 했다. 비관적인 자는 고전을 예상했을지도 모르지만, 패배하리라 생각한 자는 하나도 없었다. 은하제국은 3세기 이상 인류사회에 군림했다. 그동안 수많은 반란과 민중봉기를 분쇄하며 제국은 영원불멸이라 부르짖었고, 대부분이 귀족인 참모진에게는 그것이 진실이었다. 슈테판 폰 바르트바펠 후작이 이단자일 수밖에 없는 이유가 여기 있었다.

"적 함대 발견!"

회랑 부근을 초계하던 구축함 야노슈에서 동맹군 총사령부로 그 소식이 도달한 것은 7월 8일이었다. 이후 보고는 끊임없이 들어와, 제국군이 동맹군의 두 배 규모라는 사실은 10일에 이르러 확인되었다.

우주력 640년, 제국력 332년 7월 14일, 제국군과 동맹군은 다곤 성역에서 전투상태에 들어갔다.

그렇다고는 해도 대함대끼리 정면에서 부딪친 것은 아니었다. 선발분함대끼리 3000만 킬로미터의 공간을 두고 서로의 소재를 파악했을 뿐, 상대의 병력까지는 확인하지 못한 채 엉거주춤 발포하고, 상대가 응사하면 도망치면서 다시 발포해 피차 함정 한 척 파괴되지 않은 채 본대로 귀환한 것이다.

『아군 손실 무.』

이 보고를 받은 링 파오는 쓴웃음을 지었다. 상황이 뻔히 보였기 때문이다. 처음부터 요란하게 포격을 교환하기보다는 손으로 더듬듯 상대를 파악하는 것은 당연한 노릇이다. 가능하다면 조우전을 본격적인 전투로 발전시키고 싶지 않은 것이 용병가의 심정이다. 계획성이 떨어지는 전투에서는 설령 승리한다 해도 완전한 만족은 얻기 힘든 법이다.

이것이 인류가 서기 연호를 폐지하고 우주력을 도입한 후 처음 발발한 항성간 전쟁이었다. 서기 2801년 —— 우주력 1년에 은하연방이 탄생한 후로 6세기 이상에 걸쳐 인류사회는 전쟁을 경험하지 못했다. 압정이 있고, 학살이 있고, 무력 봉기가 있고, 해적행위와 그에 따른 진압행동이 있어 유혈의 양은 적지 않았으나, 정규군과 정규군 사이의 충돌은 끊어진 지 오래였다. 물론 제국이 보기에 이것은 어디까지나 반란 토벌일 뿐, 주권국가 간의 무력충돌이라고는 할 수 없었다. 그러나 자유행성동맹에는 건국 이래 최초의 대외전쟁이자 최대의 위기였다.

링 파오는 기함 산타이사벨의 총사령부에 참모들을 소집했다. 유수프 토패롤을 비롯한 참모팀은 처음부터 총사령부에 있었지만 워드, 올레빈스키, 안드라슈, 외르스테드, 문가이와 같은 각 함대의 사령관들은 셔틀을 타고 와야만 했다. 귀찮기는 했지만 방수될 위험을 고려한 조치였다.

하얀 오각형 별을 물들인 검은 베레모, 똑같은 검은 군용 점퍼와 하프부츠, 아이보리 화이트 스카프와 바지…… 이후로도 오랜 기간에 걸쳐 쓰일 동맹군의 군장은 이 전투 때부터 이용했다고 하지만, 기록이 부족하기 때문에 진위는 확인할 수 없으며, 몇몇 다른 설도 존재한다. 그러나 그렇지 않다 해도 디자인이 완전히 다른 옷을 착용하지는 않았으리라. 옷의 기능이란 행성간 여행 시대의 초기에 극한에 이르렀으며, 이후 거의 변화를 보이지 않았고, 어떤 소설가가 말했듯 갑자기 인간의 체형이 바뀌지 않는 이상 옷도 변화할 여지는 없었다. 소매를 세 개 달거나 꼬리를 위한 구멍을 뚫어봤자 의미가 없는 것이다.

링 파오는 베레모를 벗어 의미도 없이 두 손으로 만지작거리다, 마침내 참모들을 향해 말했다.

"새삼 이런 말을 하는 것도 웃기지만, 예로부터 보급선이 긴 군대가 패한다는 건 전쟁사의 상식이었지."

"보급선이 짧은 쪽이 전술 단계에서 치명적인 실책을 저지르지 않는 한은."

간발의 차이도 없이 유수프 토패롤이 대꾸했다. 간담이 서늘해진 것은 다른 참모들이었으며, 정작 말한 사람과 들은 사람은 태연했다.

"아군은 지리조건에서 유리하다. 제국군과는 비교할 수도 없을 정도로 이 성역을 잘 안다. 이 점에는 아무도 이의가 없겠지?"

"……이의 없습니다."

유수프가 입을 다물었으므로 안드라슈가 총사령관에게 대답했다.

"좋아. 그리고 아군은 숫자에서 열세다. 이것 또한 사실이지. 하지만 지리적 우세를 살려 실전가동률을 높이면 이를 커버할 수 있을 것이다. 그렇기 때문에 이곳 다곤 성역을 전장으로 고른 거다. 적에게 이곳은 유령의 집이나 마찬가지지만, 우리에게는 매일같이 놀았던 앞마당이니까."

"참으로 어처구니없는 공역으로 유인당했군. 이건 거대한 미궁이 아닌가. 지리조건에서 우위를 차지할 생각은 절대 하지 말아야겠어."

잉골슈타트는 한숨을 내쉬었다. 사실상 작전지휘 책임자가 된 그는 작은 궁정 사교실로 둔갑한 총사령부를 떠나, 전함 괴팅겐의 제2함교에 집무실을 두고 정보수집과 분석에 노력을 기울였다. 그 결과, 그의 마음 속 천칭은 비관론 쪽으로 기울 수밖에 없었다. 판명된 것만 해도 3중의 소행성대가 태양을 에워싸고 있었다. 태양은 장년기였지만 활동이 불안정했으며, 전자파 발생량 또한 매우 많았다. 게다가 제국군이 유사 이래 처음 도달한 성역인 만큼, 이러한 장소에서 대군을 유기적으로 운용하기란 지극히 어려울 것이다. 그에 비해 적군은 최소한 제국군보다는 풍부한 데이터를 지녔다. 보급선도 짧다. 이 모든 요소를 고려했을 때, 패배하지는 않는다 해도, 쉽지 않은 전투가 되리라는 점은 상상이 갔다.

'선제공격은 안 된다.'

잉골슈타트는 판단했다. 전군을 고밀도로 집중 배치해 적이 쳐들어올 때까지 기다렸다가 반격하는 전법을 고수하고, 이를 되풀이해 적을 소모시킨 다음에야 비로소 전 병력을 기울여 결전에 나서야 한다. 아무튼 병력을 분산해서는 안 된다.

7월 16일. 첫 전술적 승리는 제국군에게 돌아갔다. 제국군의 전면으로 진공한 올레빈스키 함대는 제국군이 여러 겹으로 구축한 종심진에 끌려 들어가 함렬이 늘어난 상태로 협공을 당했다. 워드와 외르스테드가 급히 달려와 적진 일각을 돌파해준 덕에 전멸은 면했으나, 올레빈스키 함대는 병력의 3할을 잃었다.

링 파오는 귀환한 올레빈스키를 한마디도 나무라지 않았다.

"전술 수준에서 적의 역량이 어느 정도인지는 잘 알았다. 정면에서 싸워서는 피해만 입을 뿐이로군. 이제 전투는 가급적 피하는 게 좋겠어."

젊은 용장 네이스미스 워드가 눈살을 찡그리며 총사령관을 보았다.

"예, 물론 싸우지 않으면 지지도 않겠지요. 하지만 이길 수도 없습니다. 적이 결전을 단념하고 철수한다면 어떻게 하실 겁니까?"

"그럼 잘된 거지, 뭐. 우리의 목적은 이기는 게 아니야. 지지 않는 거라고. 적의 침입을 저지하면 그만이지. 두들겨 패서 쫓아낼 필요 없이, 적이 배가 고파 집으로 돌아가 준다면 그게 최고 아니겠어?"

워드의 엷은 하늘색 눈동자는 패기 없는 총사령관을 격렬히 비난했으나, 링 파오는 그릇이 큰 것인지 아니면 둔감한 것인지 예리한 시선을 태연히 받아넘겼다.

"총사령관께 한 가지 여쭙고 싶습니다. 승리하는 것과 패하지 않는 것은 어디가 어떻게 다릅니까?"

링 파오는 느긋하게 대답했다.

"사전 찾아봐. 남에게 물어보기만 해서 공부가 되겠어?"

워드는 말없이 물러났으나 링 파오의 시야에서 사라지기 전까지 바닥을 세 번, 문을 한 번 소리 높여 걸어찼다.

첫 전투의 승리는 제국군의 사기를 높여주었다. 총사령관 헤르베르트 대공 전하는 말 한마디마다 알코올 냄새를 흩뿌리며 장병들의 용전을 치하했으며, 훈장과 승진을 약속하고 전원의 식사에 포도주를 배급했다. 대공은 병사들에게도 결코 인색하지 않았다.

"병사들이 단숨에 활기를 띠었군. 승리한 것이 어지간히 기뻤던 게지. 역시 승리가 최고의 약이었네."

"내 견해는 조금 다르네만."

잉골슈타트의 무난한 감상에 하젠클레버가 이의를 제기했다.

"어떻게 다른가?"

"승리해서 기뻐하는 것이 아닐세. 싸울 상대가 있어서 기쁜 게지. 전쟁을 기다리는 기분에 비교한다면 전쟁 자체는 두렵지 않으니까."

하젠클레버의 말은 다소 본질과 동떨어져 보였으나, 미지미답未知未踏의 적진에 침공한 군대의 심리를 일부나마 잘 짚은 것이었다.

아무튼 작은 전투에서 한 번 승리했다고 방심할 수는 없다. 제국군의 전력을 가늠하기 위한 공격이었을지도 모른다. 앞으로 며칠은 신중하게 대처해야 하리라…….

그런데 이튿날인 17일, 제국군 총사령관 헤르베르트 대공이 다음과 같은 명령을 내렸다.

"적은 두려워할 존재가 못 된다. 망설일 이유가 어디 있으랴. 전군은 즉시 공세로 나서라. 폐하의 적을 족멸族滅하여 제국의 변경을 안녕케 하리라."

잉골슈타트는 아연실색했다.

제국의 원정군 총사령관 헤르베르트 대공에게는 강직한 숙부가 지적했던 것 이외의 결점이 있었다. 감정적이며, 정신이 불안정하다는 것이었다. 상황이 순조로울 때는 과도하게 낙천적이며, 역경에 부딪치면 불안과 초조함에 사로잡힌 나머지 노기를 터뜨리고 만다. 게다가 헤르베르트가 이제까지 살아오면서 부딪친 역경이라고는 고작해야 사냥 때 멋진 털을 가진 은여우를 놓친 일이라든가, 카드게임에서 사흘 연속 최하위에 머문 일이라든가, 차남 막시밀리안 요제프의 시녀 지클린데에게 말을 걸었다가 매몰차게 무시당했던 그런 수준일 뿐, 인간의 생사가 걸린 심각한 것이라고는 없었다.

골덴바움 가문에 태어나면 평민에게는 없는 고민도 있다. 특히 최근 1세기 사이에는 황제가 바뀔 때마다 제위를 둘러싼 음모며 책략이 발각되어, 선제 레온하르트 2세를 포함해 황제 세 명, 황후 다섯 명, 황태자 세 명의 죽음을 둘러싸고 불온한 소문이 떠돌았다. 지고의 지위에 오르려다 실패하면 궁정이나 제도 오딘은 고사하고 인생의 무대 그 자체에서 추방당할 우려마저 있다.

하지만 이제 헤르베르트 대공과 옥좌 사이에는 현대 황제인 아버지가 있을 뿐이다. 형도 동생도 고려할 만한 경쟁 대상에서 멀어져갔다. 자신의 우위를 생각하면 헤르베르트는 안면 근육이 풀어지는 것을 느꼈다가 갑자기 표정을 다잡곤 했다. 그는 아버지처럼 모종의 개를 연상케 하는 안면 근육의 소유자는 되고 싶지 않았다.

두 형에게는 헤르베르트도 비교적 관대한 마음을 품을 수 있었다. 맏형 구스타프는 어차피 오래 살기 힘든 몸이니 편안히 가도록 내버려둘 것이다. 차남 막시밀리안 요제프도 분수를 아는 것 같으니 자신이 직접 손댈 필요도 없다. 다만 막시밀리안의 시녀 지클린데만은 황제가 될 남자를 무시한 죄가 얼마나 중한지 톡톡히 깨닫게 해줄 필요가 있으리라.

문제는 동생 리하르트였다.

이 동생에게는 형제다운 감정을 조금도 품을 수가 없었다. 얼굴이나 성격이 비슷한 것은 증오와 혐오를 더하는 원인일 뿐이었다. 아마 동생도 마찬가지일 터. 어느 한쪽이 제위에 오른다면 다른 한쪽은 말살당하리라. 골육상쟁과도 같은 그 길이 유일한 길처럼 보였다. 그러나 그 길도 헤르베르트에게 문호를 열었다. 적어도 원정 개시 시점에서는 아버지는 삼남을 선택하고 사남을 버리지 않았던가.

'지금쯤 리하르트는 제도에서 허무하게 형의 거사를 생각하며 질투와 패배감에 몸을 떨겠지. 어서 개선해 놈이 승자에게 영합하여 비굴하게 구는 모습을 보고 싶구나…….'

이렇게 해서, 첫 전투의 승리에 절도를 잃고 흥분한 헤르베르트는 군사 상식을 무시한 공세를 명령했던 것이다. 참모들은 암담해하면서도 복종할 수밖에 없었다.

"제국군이 움직여?!"

18일 오전, 그 정보가 날아들었을 때 링 파오는 토스트를 입에 막 넣으려던 손을 허공에서 급정지했다.

"말도 안 돼. 움직일 리가 없는데."

유수프 토패롤의 목소리도 평정을 잃었다. 이때 그들은 잉골슈타트를 위시한 제국군의 정통적인 전법을 읽고 있었다. 적진 한복판이라 지리에 어둡고 보급과 통신에 불안요소가 있는 만큼, 제국군은 퇴로를 확보하면서 밀집대형을 짜 동맹군의 공격에 언제라도 대응할 태세를 깃춘 다음 양 진영의 전 병력을 맞부딪치는 정면 전개로 끌고 가려 할 것이다. 동맹군이 여기에 넘어가지 않는다면 보급물자가 부족해진 시점에서 철수할 수밖에 없다. 어쨌든 함대를 방사형으로 분산 출격시키다니, 있을 수 없는 일이었다. 적극성의 수준을 넘어서 무모하다고 해야 하리라. 만약 무모함이 아니라면, 제국군은 아군의 예상보다도 훨씬 정확하게 성계의 지리를 파악하고 있단 말인가……?

"참모장님, 너무 낙심하지 마십시오."

참모 알드리치 소령이 기함의 개인실에서 생각에 잠긴 유수프에게 천진난만할 만큼 밝은 목소리로 말했다.

"옛말에도 그런 말이 있지 않습니까? 어설픈 실패보다는 완전한 파멸이 낫다고."

"그런 말은 금시초문이군. 위대한 적보다도 무능한 아군이 밉다는 말은 알지만."

"금시초문이군요. 누가 한 말입니까?"

"알아서 생각해."

진심으로 생각에 잠긴 젊은 소령을 방에서 쫓아낸 유수프 토패롤은 얼음이 녹기 시작한 아이스커피를 노려본 채 사색에 빠졌다. 오한이 등줄기를 빠른 속도로 오르내렸다.

결국 유수프는 비대해진 불안을 짓누르고자 어느 정도 포기할 수밖에 없었다. 지금 생각해봤자 어쩔 수 있는 일이 아니므로 상황변화를 기다려야 하지 않겠는가.

개인실에서 나온 유수프는 함교로 향하다가 만난 알드리치에게 물었다.

"총사령관은?"

"아직 아침식사 도중이십니다. 멜바 토스트에 럼주가 든 마멀레이드 잼을 듬뿍 발라 여섯 개……."

"아침 댓바람부터 토스트를 여섯 개나?! 그 자식은 소처럼 위장이 네 개는 되나?!"

"멜바 토스트 아닙니까."

"그게 어쨌는데."

"다른 빵보다 얇잖습니까."

그렇다고 죄가 가벼워지냐고 대꾸하려다가 유수프는 입을 다물었다. 아침을 먹는 것은 딱히 죄가 아니다. 저혈압 기미가 있어 언제나 아침을 절반 이상 남기는 그와 비교하면 아침부터 고기와 빵을 폭식하는 링 파오의 식욕은 야수에 가깝지만, 도덕적으로 비난을 받을 일은 아니었다. '불평꾼 유수프'는 웬일로 자숙하더니 총사령관에게 퍼부으려던 온갖 악담을 가슴속의 서랍에 담아놓았다.

'뭐, 놈에게 식욕이 있는 동안에는 아군도 괜찮겠지······.'

그렇게도 생각하다가, 그렇게 생각하는 자신을 보며 유수프 토패롤은 다소 씁쓸한 기분이 들었다.

제국군 제독들에게 사태는 '씁쓸한' 정도가 아니었다.

총사령관 헤르베르트 대공의 명령은 간단히 말해서 이런 것이었다.

『각 함대는 각 방향으로 전진해 적군을 포착하고 격멸하라.』

이것은 진략구상이라 부를 수도 없었다. 전술 수준의 판단을 각 함대의 지휘관에게 맡긴다 해도, 성도조차 갖추지 못한 채 적신에서 행동해야 하는 그들의 처지는 비참했다. 게다가 함대끼리 교신하거나 정보를 공유할 수도 없었다. 적의 위치를 알 수 없는 이상 방수를 경계해야만 하기 때문이다. 이러면 아군과의 위치관계를 따져 상대위치를 확인하는 것 또한 불가능하다. 나아가서는 본대에서 보낼 보급도 기대할 수 없어, 제국군은 자기 발로 전력을 무력화한 것이나 마찬가지였다.

『다곤 성역 회전에서 우리는 실수하고 오판하고 주저했다. 그래도 이

긴 것은 적이 우리보다도 실수하고 오판하고 주저했기 때문이었다.』

훗날 유수프 토패롤의 회상은 겸손에서 비롯한 것이 아니었다. 사실 7월 18일 당시 동맹군 총사령부는 정보가 적어 고민했으며, 판단재료가 부족해 괴로워했다. 특히 상식에서 벗어난 제국군의 움직임에 허를 찔려, 적의 행동이 어떤 구상에 근거한 것인지 감도 잡지 못했다. 참모들 중에는 제국군의 대규모 증원부대가 다곤 성역에 접근했기 때문에 동맹군의 주의를 다른 곳으로 돌리려고 양동작전을 펼친 것이 아닌가 상상한 사람마저 있을 정도였다.

그래도 동맹군의 고뇌는 제국군에 비교하면 그나마 나은 편이었다. 적어도 지리상의 지식에서는 제국군과 비교가 되지 않았으니까.

슈미틀린 제독의 함대에서는 지휘관이 반쯤 넋이 나간 채 주임 오퍼레이터에게 물었다.

"적은 대체 어디 있나?"

이 심각한 질문에 돌아온 대답은 더더욱 심각했다.

"지금은 그보다도 우리는 대체 어디 있느냐는 질문에 해답을 내는 것이 급선무입니다."

어느 함대나 사정은 비슷했다. 제국군은 '조우전의 전술적 승리를 쌓아 전황 전체의 승리를 추구한다.' 라는 믿을 수 없을 정도로 조잡한 총사령관의 발상에 따라 행동해야만 했던 것이다.

혹시 지는 것은 아닐까…… 각 함대 지휘관의 가슴속에 예기치도 못한 생각이 싹트고, 그들은 전율을 금치 못했다.

한편 동맹군의 링 파오는 외르스테드 제독을 불러 특명을 내렸다. 외르스테드는 며칠 전 올레빈스키를 제국군의 손에서 구해낸 이래 매일같이 최전선에서 분투했다.

유수프 토패롤이었다면 또 자기에게만 기댄다며 분개했겠지만, 휴 외르스테드는 곤란한 임무를 내리는 것이 곧 신뢰의 증거라고 생각하는 타입의 사내였다. 그는 기꺼이 총사령관의 지령을 받아 함대를 이끌고 발진했다.

동맹군 본대와 제국군 본대가 정면으로 격돌한 것은 그날 정오였다. 쌍방 모두 정공법을 취해 제국군은 돌출진형, 동맹군은 오목진형을 짜고 포격전을 개시해, 암흑의 공간을 무수한 광선의 궤적으로 갈라놓았다.

제국군 총사령관 헤르베르트 대공은 결코 겁쟁이는 아니었다. 설령 그것이 경험부족에서 나온 강점이라 해도, 그는 아군의 피해에 움츠러들지 않고 전진 명령을 거듭했으며, 지근거리에서 번뜩이는 광선을 보고도 기함을 후퇴시키지 않았다. 덕분에 제국군의 사기는 확실하게 올라갔으며, 한때는 동맹군을 압도하는 것처럼 보였다.

이때 안드라슈 중장이 지휘하는 함대가 급진하는 제국군의 우측면에 포화를 퍼부어 발길을 막았다. 격렬하면서도 효율적인 포화로 함렬의 중앙부가 절단될 뻔한 제국군은 응전하며 진형을 재정비하고 용케도 붕괴를 막아냈다.

『그때 제국군은 측면의 손상 따위 개의치 않고 전진을 계속했어야 했다.』

훗날 안드라슈는 이렇게 논평했다. 만일 제국군이 그렇게 나왔더라면 진용의 두께가 부족한 동맹군은 중앙돌파를 허용했을 것이다. 나아가 여기서 제국군이 배면전개로 이행했더라면 포위를 꾀했던 동맹군이 역으로 포위돼 승패의 결과는 방향을 바꾸었을지도 모른다.

그러나 제국군은 전진을 중지했다. 안드라슈의 측면공격이 장대한 포위섬멸전법의 일환이며, 여기서 더 나아갔다가는 종심진 한복판에 빠져들지 않을까 의심한 것이었다. 이때는 헤르베르트도 참모들의 의견에 따랐다. 원정 개시 때는 동맹군을 과소평가했던 제국군이 이때는 오히려 적을 과대평가하는 바람에 승리의 여신이 내민 손을 스스로 뿌리치고 말았다.

제국군에게 냉대받은 승리의 여신은 그렇다고 곧장 동맹군 품으로 뛰어들지는 않았다.

7월 18일, 링 파오는 전술 수준의 대응에서는 적확한 지령을 내리면서 전선을 유리하게 유지했으나, 전략 수준에서는 결단을 내리지 못해 전면공세로 나설 타이밍을 잡지 못했다. 유수프 토패롤도 극도의 식욕부진으로 생기를 잃었으며, 입안으론 무언가를 중얼거리면서 사무적인 처리만을 할 뿐이었다. 총사령부의 분위기는 매우 어두웠다. 안드라슈 제독은 총사령부에 정시 연락을 했다가 이 음습한 분위기를 보고 망연자실했으며, 또한 분개했다.

『귀관들은 당장 예편원을 쓰시오! 본관은 유서를 품에 넣고 있소.』

그렇게 격한 반응을 보인 것이 그날 17시 30분이었다.

"잘난 척은 월급 받은 만큼 일한 다음에나 하시지."

평소 같았으면 이렇게 이죽거렸을 유수프가 한마디도 되받아치지 않고 묵묵히 상대의 말을 듣기만 했다. 그 모습을 본 알드리치 소령은 이제 글러먹었다고 각오를 다질 정도였다.

이때 링 파오와 유수프는 적을 과대평가했던 것이다. 다시 말해 제국군 총사령부는 자신들과 동등하거나 그 이상의 능력을 지녔으며, 군사 이론상 지당한 행동을 취하는 것이라 생각했다. 그렇기 때문에 거대한 반작용이 두려워 대담하게 나서지를 못했던 것이다.

그러나 그날 밤이 지나 7월 19일, 두 사람은 한 가지 결론을 내릴 수밖에 없었다. 그것은 가설에 불과했으나, 이제까지 그들이 품었던 고정관념에 비하면 훨씬 설득력이 있고 논리적으로 앞뒤가 맞았다. 링 파오는 참모장을 돌아보았다.

"이제야 알았어. 저놈들은 **병신**이야."

유수프 토패롤의 대답은 간결하기 그지없었다. 단 한 마디, 그는 이렇게 말했다.

"동감."

동맹군은 다곤 성역 전체를 A01에서 Z20에 이르는 520개의 공역으로 세분하고, 각 공역의 정세를 거의 정확하게 파악했다. 17일 이후 제국군의 동향을 관찰해 보면 G16 공역에 집결했던 병력이 각지로 분산하기 시작했다. 링 파오와 유수프 토패롤도 이 움직임의 의도를 읽느라 기특하게 고심했다.

그러나 비로소 이해할 수 있었다. 제국군의 총사령관은 전투경험이 없으며, 이성보다도 감정에 따라 이 무의미한 병력분산을 행했으리라는 사실을.

링 파오는 참모를 소집해 G16 공역에 동맹군 전 병력을 집중할 것을 명령했다.

"그럼 다른 공역의 적군에게는 어느 정도의 병력을 보낼 생각입니까?"

이 질문에 총사령관 링 파오가 대답하자 참모들은 목소리를 삼켰다. 병사 한 명 보내지 말라. ——그것이 그의 대답이었다.

"정보를 종합컨대, 아군의 총병력은 간신히 G16 공역의 적군과 대항할 정도이다. 이것이 적의 본대임이 확실한 이상 아군에게 주어진 유일한 선택은 총력을 기울여 이를 치는 것이다."

참모들은 이해했다. 분명 그 외의 전법은 존재할 수 없으리라. 그러나 불안할 수밖에 없는 것도 사실이었다.

"하지만 다른 공역의 적군이 분진합격分進合擊 전술로 아군의 배후를 친다면 우리는 퇴로를 잃고 섬멸당할 겁니다."

문가이가 지적하자 총사령관은 슬쩍 입술 끝을 틀어 올렸다.

"그때는 어쩔 수 없이 섬멸당해야지, 뭐."

링 파오의 대담함은 도가 지나친 것처럼 보였으나, 이때 그는 이미 다음 날, 나아가 다음다음 날의 전투를 생각하고 있었다.

제국군의 잉골슈타트 중장은 총사령관 헤르베르트 대공의 능력은 포기했지만, 그렇다고 승리를 위한 노력을 포기한 것은 아니었다. 그는 현저히 제한된 상황 속에서 최선으로 여겨지는 전법을 택했다. 각 방면에 분산된 함대에 일정 범위의 공역을 맡겨 전투를 담당케 하고, 본대는 이를 집중 제어해, 필요할 경우 동시에 유턴시켜 본대를 공격하는 적군 배후를 친다는 구상이었다. 사실은 이것이야말로 동맹군이 가장 두려워했던 전술이다. 그럴 가능성이 있는 동안에는 링 파오도 G16 공역으로 병력을 집중하겠다는 결단을 내리지 못했던 것이다.

이 전술을 구현하느라 잉골슈타트는 수백 척의 연락용 셔틀을 모아 운행시켰다. 그것도 본대에 대규모로 밀려드는 동맹군의 전면공격에 맞서며 입안하고 실행했으니, 잉골슈타트의 대응능력이 얼마나 탁월한지를 잘 보여주는 사례라 할 수 있으리라. 성공했더라면 예술이라 불렸을 것이다.

잉골슈타트의 상황판단과 작전지도는 용병학상 완벽했다. 다만, 실전에서는 조금도 유익한 결과를 낳지 못했다. 지리 정보가 불충분했으며, 각각 고립된 대병력을 운용하기에는 지나치게 정밀해 오히려 부적절했던 것이다. 지령은 신속하게 보냈지만 전달에 시간이 걸려, 제국군의 각 부대가 위치확인에 고심하며 예정 전투공역에 도달해 보면 이미 적의 모습은 온데간데없었다. 곤혹스러워하고 있을 때 새 지령이 날아들고, 움직이기 시작하면 또 다른 지령이 날아들었다. 이렇게 해 제국군은 적의 현재 위치도 파악하지 못한 채 다곤 성역 가장자리에서 우왕좌왕할 뿐이었다.

훗날의 추정에 따르면, 7월 19일 16시 시점에 전투상태였던 양군의 부대는 동맹군이 80퍼센트였던 데 반해 제국군은 19퍼센트에 불과했다.

"유병遊兵. 실전에 참가하지 않는 병력을 만들지 말라."

이는 병력 운용의 중요한 법칙 중 하나인데, 그 터부를 어긴 제국군은 동맹군에 시간차 각개격파 전법의 달콤한 과실을 맛보게 하는 결과를 제공했다.

……그렇다고는 하나 동맹군 사령부도 자신만만하게 작전지휘를 했던 것은 아니었다. 압도적인 제국군의 대병력이 단숨에 전투공역에 쇄

도해 강철과 불의 홍수를 퍼부어 동맹군을 모조리 집어삼키는 것은 아닐까 하는 공포가 참모들의 등줄기에 매달린 채 떨어지지 않았다. 잉골슈타트의 전법이 성공했더라면 그들의 공포는 현실이 되었을 것이다.

『이때 총사령관 링 파오 중장과 총참모장 유수프 토패롤 중장은 의연했으며 동요를 보이지 않았다. 그 덕분에 참모들도 침착하게 각자의 임무에 착수해 흔들림 없는 신념으로 승리를 향해 직진할 수 있었던 것이다……』

이는 동맹군사의 일부를 발췌한 것인데, 이런 기록은 대체로 사실을 미화하고 과도한 영웅찬미를 하게 마련이다.

사실 링 파오는 참모장에게 이렇게 속삭였다.

"이봐, 대체 우리가 이기고 있는 거야, 지고 있는 거야?"

"이기고 있는 거 아닐까? 지금은. 하지만 5분 후에는 어떻게 될지 모르지."

"그럼 가급적 오랫동안 이겨야겠구만."

"딱히 오랫동안 이길 필요는 없어. 마지막 순간에 이기기만 한다면."

두 사람은 한순간 시선을 교차했다가, 재빨리 돌리고는 각자 딴 곳을 바라보았다. 어느 쪽이 더 상대를 언짢게 여겼는지는 판가름하기 미묘했다. 아무튼 두 사람 모두 큰 소리로 울부짖거나 하지는 않았으므로 신화가 성립될 여지는 있었던 것이다.

그들이 겨우 아군의 우세를 확신했던 것은 16시가 지났을 때였다. 동맹군은 전진하고 제국군은 후퇴했다. 물론 제국군의 후퇴는 분산된 아군이 오기를 기다리려는 전략적 후퇴일지도 모르지만, 그렇다면 더욱 빨리 수를 쓸 필요가 있었다.

"알드리치 소령, 전군에 명령을 전달해 주게."

"공격입니까, 총사령관 각하?"

"조금 다른데. 맞아, **폭발적 공격**이라고 하자. 이거 제법 괜찮은 표현 같지 않나?"

"네…… 제법 괜찮네요."

문학적 감수성에 눈가리개를 씌우고 대답한 소령은 구체적인 비평을 요구할까봐 무서워 얼른 그 자리를 떠났다.

동맹군은 '폭발적 공격'에 나섰다. 원래 물량에서 열세였던 동맹군에게는 결전에 투입하기 위해 남겨둔 예비병력 같은 사치스러운 것은 없었지만, 이때는 말 그대로 잠재능력을 모조리 기울여 싸웠다.

『전함 한 척, 병사 한 명에 이르기까지 싸우지 않는 자가 없었다.』

동맹군사에 기록된 이 문장도 완전한 과장은 아니었다. 제국군은 밀리고 또 밀려, 한때는 전선 유지마저 위험해 보였다. 잉골슈타트가 후방 예비병력이었던 카우프만 함대의 투입을 생각했을 때 부로 제독의 함대가 동맹군의 좌측면으로 돌아가, 여기에 견제당한 동맹군은 속도를 늦출 수밖에 없었다.

이때 제국군은 당면한 위기에서는 벗어난 것처럼 보였으나, 사실은 또다시 승기를 놓치고 있었다. 카우프만 함대가 후방에서 유격태세를 취하도록 내버려두지 않고 부로 함대의 오른쪽에 병렬 배치해 두 함대의 전력을 동맹군의 좌측 후방으로 집중했더라면, 동맹군은 붕괴했을 것이다.

잉골슈타트를 비롯해 결코 무능하지 않은 제국군 참모들이 그렇게 결단을 내리지 못했던 것은, 우선 총사령관 헤르베르트 대공의 변덕스러운 명령에 대비해 예비병력을 확보해둘 필요가 있었기 때문이었다. 그러나 한편으로는 제국군의 측면과 배후를 (유수프 토패롤 왈) '방정맞게 뛰어다니며' 통신과 심리를 교란한 외르스테드 소장 함대의 공적이기도 했다. 아울러 적의 상황과 지리에 관한 제국군의 정보 부족이 그 밑바탕에 깔려 있었다.

『이때 적은 스스로를 필패必敗의 위치에 두었으니, 어찌 승리하지 않을 수 있으리.』

30년 후, 통합작전본부장을 거쳐 퇴역한 알드리치는 다소 젠체하는 수사법으로 이렇게 회상했다. 그는 실전에서 걸출한 능력을 발휘하는 장수는 아니었으나, 온화하고 공정한 성격과 타인의 장점을 간파하는 뛰어난 능력으로 수많은 인재를 길러내 동맹군의 역사에 빼놓을 수 없는 한 페이지를 남겼다. 그의 이름은 지금도 동맹군 사관학교 기숙사 중 하나로 남아 있으며, 브루스 애쉬비, 랄프 칼센, 시드니 시톨레, 양 웬리와 같은 역대 제독들이 그곳에서 16세부터 20세까지 생활한다…….

7월 20일. 이날 아침, 제국군은 파센하임 중장을 잃었다.

이중의 오류가 빚어낸 결과였다. 파센하임은 아군을 적으로, 적을 아군으로 착각해 아군인 알렌슈타인 함대의 퇴로를 차단하느라 외르스테드 함대에 무방비하게 우측면을 드러내고 말았던 것이다. 놀라면서도 기뻐한 외르스테드는 그 실수를 최대로 이용하고자, 적을 반쯤 지나쳐 보낸 후 대각선 후방에서 육박했다.

첫 일제사격으로 300척 이상의 함정이 파괴되고 에너지와 금속파편의 구름이 일어났다. 경악한 파센하임은 처음엔 전 함대를 반전하려 했으나, 그때까지도 알렌슈타인을 적이라 생각했기 때문에 서둘러 그 명령을 취소했다. 그보다는 당초 예정대로 직진하여 적의 후방을 통해 전투공역 밖으로 탈출하는 편이 나으리라 생각했으나, 이것은 함대운동 도중 침로를 두 번 바꾸는 최악의 결과를 낳았다. 외르스테드는 질서가 흐트러지고 통제를 잃은 파센하임 함대를 일방적으로 공격했으며, 사태를 깨닫고 알렌슈타인이 달려왔을 때는 개선가를 부르며 철수해버렸다.

파센하임은 제국 역사상 처음으로 전사한 제독이 되었다. 그 소식을 들은 헤르베르트 대공은 분노와 충격에 안면 근육을 딱딱하게 굳혔으며, 작전책임자 잉골슈타트를 불렀다.

그리고 만인이 지켜보는 가운데 젊은 대공은 잉골슈타트를 무능력자라 욕하고, 손을 뻗어선 참모의 가슴에서 계급장을 뜯어냈다. 얼굴이 퍼렇게 질린 잉골슈타트의 면전에서 대공은 이를 바닥에 내팽개치고 군화로 짓밟았다.

참모들이 보기에 이것은 엄격함이 아니라 도가 지나친 가학이었다. 짓밟힌 것은 단순히 잉골슈타트의 계급장이 아니라 제독들 모두가 가슴에 품은 무인의 긍지였으나, 헤르베르트는 그들의 심정을 이해하지 못했다. 그는 이제까지 타인의 심리나 감정을, 특히 신하들의 마음을 헤아리지 않고 살아왔다. 환경이 이를 용납했던 것이다.

승리를 위해 지금은 병력을 집중해야 한다는 헤르베르트의 견해는 옳았다. 그러나 잉골슈타트가 수순을 밟아 적의 상황을 알아보고 신중하게 행하려던 것을 젊은 대공은 신속하게 해치우려 했으며, 신속과 졸속을 혼동해 치명적인 실책을 범하고 말았다. 제국 전군에 재빨리 재집결할 것을 재촉하는 헤르베르트의 지령은 동맹군에게 방수되었으며, 제국군은 병력 분산, 본대 고립, 전략 혼란, 총사령관의 조급함, 나아가서는 보급 곤란에 따른 제국군 전 함대의 약화와 병력격감이라는 내정을 모조리 적에게 폭로하고 말았다.

22시 40분, 동맹군 총사령관 링 파오 중장은 전군에 명령을 내렸다.

『적군이 잔여 병력을 집중했을 때 이를 포위공격하라.』

이때 포위망은 이미 완성 직전이었으며, 남은 것은 총공격뿐이었다.

7월 21일 0시 40분. 네이스미스 워드 중장의 함대가 제국군 좌익에 첫 일격을 퍼부었다.

워드가 보유한 화포는 합계 42만 2700문이었는데, 이 포격은 가동률 75퍼센트라는 상식을 벗어난 수치를 보여 30만 가닥이 넘는 에너지 광선이 하얀 빛의 분류가 되어 허공을 돌진했다.

제국군의 오퍼레이터들이 본 것은 광점도 광선도 아닌, 빛의 벽이었다. 경보가 모든 통신회로를 메우기도 전에 좌익 함대는 들끓는 에너지의 소용돌이 속에 휘말렸다. 수백 개의 핵융합로가 동시에 폭발해 새로운 섬광의 벽을 만들었다.

어떤 함정은 한순간에 소멸했다. 어떤 함정은 불덩어리가 되었다. 어떤 함정은 한가운데에서 절단되고, 어떤 함정은 승무원 전원을 잃은 채 떠돌기 시작했다.

워드에게 뼈아픈 손실을 입은 제국군은 고통에 퍼덕이고 몸부림치면서, 반대 방향에서 기다리던 안드라슈 함대 쪽으로 비틀비틀 이동했다.

안드라슈는 돌진해야 했다. 그리고 그는 돌진했다. 승리를 확신한 안드라슈는 검은 베레모를 높이 내던지며 지령석에서 벌떡 일어나 외쳤다.

"제1명령, 돌진하라! 제2명령, 돌진하라. 제3명령, 오로지 돌진하라!"

그때까지는 오히려 신중파로 알려졌던 그가 맹장으로 명성을 확립한 것은 이 단순하고도 강렬한 명령 덕이었다. 게다가 이 명령은 완전히 옳았다. 혼란에 빠지면서도 더 싸우기 편한 장소를 찾아 침로를 변경하려던 제국군은 질서정연한 전열을 구축하기 직전 안드라슈의 맹공에 호되게 뺨을 얻어맞았다. 하겐클레버가 기함과 함께 산산조각 난 것은 이때였다.

선제공격에 행동의 자유를 잃은 제국군은 당연히 적의 공격을 막을 공간을 찾아야만 했다. 그리고 그것은 진의 안쪽밖에 없었다. 밖을 향해 튀어나가면 집중포화를 맞아 원자로 환원되고 만다.

이렇게 제국군의 전열은 단순한 밀집대형으로 바뀌었다. 기본적인 구형진이기는 했으나 이는 능동이 아니라 수동의 결과였으며, 적극이 아닌 소극의 산물이었다.

동맹군은 제국군을 완전히 포위하였으나 포위망은 얇았다. 제국군이 약화되었다고는 하나 만일 전 병력을 방추진이나 원추진으로 재편해 일점돌파전법으로 나섰더라면 과반수의 부대가 탈출과 도주에 성공했으리라. 그러나 제국군은 그러지 않았다. 아니, 정확히 말하자면 제국군이 그 전법을 펼치지 못하도록 하는 것이야말로 이 포위전을 기획하고 연출한 링 파오와 유수프 토패롤이 고심한 결과였다. 그들은 끊임없이 공격을 가하고 포위망을 좁혀, 얼굴도 이름도 모르는 제국군 총사령관을 심리적으로 압박하고 공황상태에 빠뜨려 제국군의 지휘체계를 토막토막 끊어놓았던 것이다.

이제 제국군이 조직적으로 저항할 여지는 완전히 차단됐다. 구형진은 한 시간마다 반경이 줄어들었고, 그에 비례해 포위망은 두께를 더했다.

포위망의 공격은 시시각각 에너지 효율이 늘어나고, 동맹군은 보유한 화력을 모조리 개방해 파괴와 살상을 마음껏 구가했다. 제국군의 함정 한 척이 백열하는 불덩어리가 되어 작렬하면 만성적인 이상접근 상태로 얽혀 있던 주위 함정들까지 연쇄폭발을 일으켰다. 이렇게 발생한 에너지 난류에 다른 함정이 자유를 빼앗겨 회피도 여의치 않을 때 새로운 포격이 날아들었다.

어느 시점부터 그렇게 되었는지는 판단하기 어려우나, 전투는 거의 학살에 가까운 상태가 되어 1초마다 사망자를 대량생산했다.

7월 22일 4시 30분, 은하제국군 원정부대는 소멸했다. 포위와 추격에서 벗어나 제도 오딘으로 생환한 자는 36만 8200명. 생환률은 겨우 8.3 퍼센트에 불과했다.

동맹군은 장병 250만 명 중 생환자 234만 명을 헤아렸다. 제독 중 전사자는 없었다. 모든 함정과 통신회로는 완전승리에 도취해 날뛰는 장병들의 함성으로 가득 찼다.

『전투 종료. 아군은 전장 사후 처리를 마치는 대로 수도에 귀환할 예정. 샴페인을 20만 박스쯤 준비하라.』

통신사더러 수도에 그렇게 연락하도록 지시한 후 링 파오는 함교에서 모습을 감추고 말았다. 개인실에도 보이지 않아 참모들은 당황했으나, 기함에 탑승했던 흑발 간호사의 방에 단둘이 틀어박혀 있었다는 사실이 훗날 판명되었다. 총사령관을 대신해 어마어마한 양의 사후처리 업무를 도맡아야 했던 불행한 사내는 격분하여 외쳤다.

"빌어먹을, 어째서 나 혼자 이런 고생을 해야 한단 말인가?! 이놈이고 저놈이고 전부 나만 의지하고 앉았어! 가끔은 스스로 나서 남을 편하게 해 주겠다는 생각을 좀 해보란 말이다!"

패자에게는 승자에게 없는 미래가 기다리고 있었다.

헤르베르트 대공은 마지막 단계에서 적중돌파를 감행한 부하들 덕에 탈출에 성공했으나, 패배의 충격으로 완전한 허탈상태에 빠졌다. 예전의 헤르베르트 —— 친구들에게는 의젓하고 부하에게는 싹싹하며 화나면 잔인할 정도로 거만했던 귀공자는 이제 아버지의 기대를 저버리고 황제의 권위와 제국군의 명예를 흙발로 짓밟은 한심한 패배자였다. 손이 닿는 곳까지 다가왔던 옥좌는 지평선 저 멀리 사라지고 말았다.

잉골슈타트는 자결하려 했으나 위병에게 총을 빼앗겼다. 그는 소리 없이 웃었다.

"······그렇군. 내 목숨은 적이 아니라 아군의 총을 위해 남겨두어야 하는 모양이지?"

고틀리프 폰 잉골슈타트 중장은 귀국 후 제국 수도 오딘에서 비밀군사법정에 섰다. 다곤 성역의 참패는 있는 그대로 공표되지 않았다. 대외에는 전황이 유리하지 못해 자진 철수했다고 알렸으나, 비대한 국가기구는 불명예를 한 몸에 짊어질 희생양이 필요했다. 물론 신성불가침한 황족을 그 대상으로 삼을 수는 없었다. 그 막중한 역할이 잉골슈타트가 맡은 생애 최후의 임무였다.

군사법정의 판결은 사형이었다. 단순히 철수 책임만을 물은 것이 아니었다. 잉골슈타트는 무능하고 부패한 상관과 동료의 죄까지도 모조리 끌어안았다. 보급물자 부족은 그가 이를 횡령해 사욕을 채웠기 때문이었으며, 정보 혼란은 그가 적과 내통해 의도적으로 조장한 결과가 되었다.

군사법정에서 잉골슈타트는 처음부터 끝까지 침묵을 지켰다. 다른 이를 책망하는 한마디도, 자신을 변호하는 한마디도 그의 입에서는 끝끝내 나오지 않았다. 그가 재판의 공정함을 믿지 않았기 때문이었는지, 많은 장병을 죽음에 이르게 한 죄를 스스로 인정했기 때문이었는지, 혹은 양쪽 다였는지는 판단하기 어려웠다.

불행한 피고 대신 법정을 열렬한 논리전쟁의 장으로 만들고자 판사와 검찰관 앞에 나섰던 것은, 판사에게서 피고 변호인으로 지명된 오스발트 폰 묀처 중장이었다. 그가 변호인으로 지명된 이유는 단 하나, 피고와 10년 내내 사이가 나빴기 때문이었다. 그런데 이 변호인은 지명자의 기대를 무시하고, '꼴도 보기 싫다'고 매일같이 떠들고 다녔던 사내의 권리와 명예를 지키기 위해 온 지혜와 능력을 기울여 싸웠다.

"검찰은 말했습니다. 피고에게는 제국군을 철수시키지 않았던 모든 책임이 있다고. 그러나 피고는 총사령관이 아닌 일개 참모에 불과했습니다. 검찰은 말했습니다. 피고는 승리를 위한 작전을 세우지 않았다고. 그러나 피고는 참모장이 아닌 일개 참모에 불과했습니다. 검찰은 말했습니다. 피고는 보급물자를 횡령해 아군을 해쳤다고. 그러나 피고는 경리감이 아닌 일개 참모에 불과했습니다. 검찰은 말했습니다. 피고는 아군의 통신을 교란했으며 이로 인해 전황이 아군에게 불리해졌다고. 그러나 피고는 통신감이 아닌 일개 참모에 불과했습니다. 일개 참모! 고작해야 일개 참모가 원정군의 총지휘, 작전, 보급, 통신에 이르기까지 모든 분야에 걸쳐 최고도의 권한을 가질 수가 있습니까? 만약 그럴 수 있었다면 그것은 한 개인에게 권한을 집중한 조직 그 자체의 죄일 것입니다. 조직의 죄가 아니라면 한 개인의 무법발호를 방임한 각 분야 책임자의 죄일 것입니다. 피고의 죄를 책망하려면 동시에 그들의 죄도 물어야 할 것입니다. 피고의 변호인인 본관, 제국군 중장 오스발트 폰 뮌처는 군과 법정의 참된 위신을 지키기 위해서라도 피고의 무죄 방면을 요구하는 바입니다. 피고는 명백히 그의 것이 아닌 죄로 인하여 부당한 재판을 받고 있다고 확신하기 때문입니다."

비밀 비공개 재판이었음에도 이 변호인의 최종변론이 외부에 몰래 알려져, '탄핵자 뮌처'라는 별명이 후세에 전해졌다.

그러나 이 격조 높고 올곧은 주장에도 —— 아니, 그랬기 때문에 더더욱 —— 뮌처의 변호는 재판 진행 결과에 완전히 무력했다.

사형 판결이 내려졌을 때 의외라고 생각한 사람은 아무도 없었다. 피고인도 변호인도 예외는 아니었다. 다만 변호인은 판결이 완전히 정의와 진실에 어긋나는 것이라고 항의하며, 최소한 감형이라도 이루어져야 한다고 주장했으나 모두 받아들여지지 않았다.

하전입자 광선총으로 총살이 집행되던 아침, 형장에 선 잉골슈타트는 입회인이 된 뮌처를 바라보며 깊이 고개를 숙였다. 그것이 재판이 시작된 후로 그가 보인 유일한 의사표명이었다.

패전의 진정한 책임자인 헤르베르트 대공은 별궁에 연금된 채 정신과 의사의 치료를 받았다.

뮌처는 이 변호활동 때문에 궁정과 군 수뇌의 기피를 사 제도방위 사령부 참사관에서 해임되어 변경의 경비관구 사령관으로 좌천된 후 '현지에서 예비역 편입'을 명령받았다. 사실상의 유배였다. 그가 떠난 후

제도 오딘은 6년에 걸쳐 제위를 둘러싼 음모, 암살, 미해결 사건의 소용돌이에 빠져 수많은 사망자와 망명자를 낳았다. 제국력 337년(우주력 646년)에 즉위한 황제 막시밀리안 요제프 2세는 뮌처를 유배지에서 다시 불러들여 사법상서 자리를 주고 제국을 좀먹던 수많은 범죄와 음모를 일소토록 명령했으나…… 그것은 또 다른 이야기이다.

……이렇게 동맹 최고평의회 의장 파트리시오가 예언했듯, '다곤 성역 회전'의 승리는 '모든 것의 시작'이 되었다.

'시작'의 공로자가 된 두 트러블 메이커는 동맹 건국 이후 최대의 영웅이 되었으며 함께 원수까지 승진했으나, 서로 다른 형태로 반드시 행복하다고는 할 수 없는 만년을 맞았다. 동맹군도 그들을 경원시켰다. 두 사람 밑에서 참모를 지냈던 알드리치는 그들을 위해 노력했으나, 그것도 개인 수준에서 그쳤다.

『……링 파오, 유수프 토패롤 두 원수는 천재였다. 그것은 의심할 여지가 없다. 그러나 천재가 존재한다는 것, 천재가 조직 속에서 어떻게 살아가는가 하는 것, 조직이 천재를 어떻게 우대하는가 하는 것은 각각 다른 문제이며, 세 가지를 한데 묶는 것은 쉽지만은 않았다……』

『알드리치 제독 회고록』에서

백은계곡

행성 카프체란카는 은하제국의 요충지인 이제르론 요새에서 자유행성동맹령 방향으로 8.6광년 들어간 공점에 있다. 항성의 빛이 지표에 도달하기까지 1000초 이상이 필요한 한랭의 행성으로, 하루는 28시간, 1년은 668일이며, 극히 짧은 봄과 가을을 제외하면 600일 이상이 겨울의 영역에 들어간다.

이 행성은 제국과 동맹이 오래전부터 쟁탈전을 벌이던 지역 중 하나인데, 상공에서 효율적으로 공격하기에는 기상조건이 나빠 전투는 대부분 지상에서 벌어졌다. 매년 군사시설을 건설하고 파괴하는 일이 되풀이되었다. B-III베 드라이라 불리는 제국군 전선기지가 카프체란카의 한 대륙에 설치된 것은 제국력 482년, 우주력 791년이었다.

이해 7월, 제국군 유년학교를 갓 졸업한 두 소년, 라인하르트 폰 뮈젤과 지크프리트 키르히아이스가 이 기지에 부임했다. 라인하르트가 로엔그람이라는 가문을 잇기 5년 전이었다.

두 사람 모두 겨우 열다섯 살이었으나 이미 신장은 라인하르트가 175센티미터, 키르히아이스가 180센티미터에 이르렀다.

매우 눈에 뜨이는 2인조였다. 햇빛을 머리에 휘감은 듯 화려한 황금색 머리카락, 얼음에 갇힌 청옥을 연상케 하는 푸른 얼음빛 눈동자를 가진 라인하르트는 타의 추종을 불허하는 미모의 소년이었으며, 불타는 듯한 붉은 머리카락의 키르히아이스는 라인하르트 앞에서는 존재감이 희박했으나 충분히 뛰어난 용모의 소유자라 할 수 있었다.

유년학교를 졸업한 라인하르트는 원래 준위로 임관해야 하지만 소위 계급을 달고 왔다. 사관학교 졸업생과 같은 대우를 받은 셈이다. 이것은 라인하르트의 누이 안네로제를 총애하는 황제 프리드리히 4세가 아주

가볍게 지시한 덕이었다. 전제국가에서는 군주의 의사가 모든 법령에 우선시되는 데다, 고작해야 일개 소위 임관 정도에 핏대를 세우며 공사 혼동을 나무라는 신하도 없었다.

우주 전장으로 향하는 라인하르트는 애젊은 가슴의 불길을 태웠다.

그런데 우주공간은 그저 지나치기만 했을 뿐, 첫 출전의 장이 변경 행성 위였으니 라인하르트에게는 실망스럽기 그지없는 일이었다.

광대무변한 우주공간에 있을 때 비로소 그의 재능과 야심은 물을 만날 텐데, 눈과 얼음에 갇힌 고중력 행성 지표만 기어 다녀서야 별의 대양에 손이 닿겠는가. 그가 키르히아이스에게 몇 번씩 한탄한 것도 무리는 아니었다.

그렇다고는 하나 전선근무 그 자체는 라인하르트가 바라던 것이었다. 처음 인사부국에서 제시한 것은 후방근무, 그것도 군 병원 사무직이었다. 안전하고도 편하며 때로는 부수입도 들어오는 직무였으나 라인하르트는 적당한 안락 따위 바라지 않았다. 그는 기껏 손에 들어온 자리를 반납하고, 인사담당관에게 '건방진 애송이'란 인상을 주면서도 최전선 자리를 얻어내고 말았다.

라인하르트를 실망시킨 이유는 그뿐이 아니었다. 자신이 참가한 전투에서 전략적 의의라는 것을 거의 찾을 수 없었던 것이다.

행성 카프체란카는 혹한의 불모지였다. 적도에서도 두께 13.5킬로미터에 이르는 얼음 밑에는 니오브, 바나듐, 산화티타늄, 금속 라듐, 루테튬, 로듐, 희토류, 순수 실리콘 등 귀중한 광물자원이 숲속의 미녀처럼 잠자고 있으나, 존재만 확인했을 뿐, 채굴이 채산으로 이어질 날이 언제쯤일지 예상해볼 만큼 대담한 자는 없었다. 양쪽 진영 모두 몇 차례에 걸쳐 채굴 플랜트를 세웠지만 그때마다 적에게 파괴당한 것이다. 이와 같이 '보물을 놈들에게 넘겨줄 수는 없다.' 라는 저차원의 투쟁동기가 블리자드처럼 겨울에 인위적인 혹독함을 더하고, 군사비를 쏟아붓고, 병사의 시체를 생산한 것이다.

블래스터가 아니라 화약식 총을 든 병사가 라인하르트를 사령관실로 안내했다.

경비병들이 화약식 총을 쓰는 이유는 골동품 취향 때문이 아니라 총성으로 아군에게 경고를 보낼 필요가 있기 때문이다. 대기가 있는 행성에서는 그런 점도 우주공간과 달랐다.

B-III 기지는 언젠가 확장할지 모르지만 현재는 연대 수준의 조그마한 군사시설로, 사령관의 계급은 대령이고 이름은 헬더라고 했다.

헬더 대령은 40대 초반의, 어딘가 음습하고 언짢은 인상을 가진 사내였다. 눈썹이 양쪽 끝으로 갈수록 넓어졌으며 입술 색깔이 좋지 못했다. 눈빛에도 활력이 없었다.

라인하르트의 경례에 한쪽 손을 들어 대답하면서도 한쪽 손은 접은 종잇조각을 쥐고 있었다. 어지간히 중요한 보고서나 명령서인 모양이었다. 라인하르트의 시선이 그 종잇조각을 훑어보자, 대령은 흠칫 종잇조각을 군복 주머니 안에 집어넣고는 표정에 커튼을 치며 자못 엄격한 목소리를 꾸몄다.

"설령 누님이 황제 폐하의 총애를 받는 분이라 해도, 경은 일개 신임 소위에 불과하다. 공사 입장을 분별하여 남에게 뒷손가락질을 받는 일이 없도록."

"잘 알겠습니다."

"유년학교에서는 성적이 좋았다지? 그러나 실무는 학업처럼 이론대로 되는 것이 아니다. 뭐, 조만간 알게 되겠지만."

"예, 명심하겠습니다."

모멸의 감정을 표정에 드러내지 않으려면 다소 노력이 필요했다. 창조성이라고는 한 점 찾아볼 수 없는 이 정도 발언으로 강직함과 엄격함을 가장하는 장교는 존경할 가치가 없다. 황제 총비의 동생이라는 권위에 대항하고자, 자신의 견식과 능력이 아니라 군대 조직의 권위를 동원하는 족속에게 무엇을 기대할 수 있단 말인가.

'인재란 그리 흔하지 않은 법이지.'

라인하르트는 실망까지 느꼈으나, 라인하르트가 장래 대성할 날을 대비해 날개가 되어 줄 사람을 찾는다는 것을 알면 누구나 실소할 것이다. 키르히아이스 외에는 아는 이가 없는, 그의 은밀한 바람이었다.

바로 그 키르히아이스는 돔형 기지 한가운데에 있는 홀에서 라인하르트를 기다리던 도중 기이한 목소리를 듣고 흠칫했다.

키르히아이스가 개나 늑대였다면 귀가 쫑긋 섰을 것이다. 대신 그는 표정을 날카롭게 다잡았다. 이어졌다 끊어졌다 하는 비명이 들리는 곳을 찾아 시선을 움직이던 그는 금세 방향을 잡아, 기지의 건축자재며 차량 부품이 잡다하게 쌓여 있는 곳에 들어섰다.

속이 메스꺼워지는 광경이었다. 적어도 키르히아이스에게는 그랬다. 비명을 지르며 저항하는 한 여성에게 여섯 명이나 되는 남자가 몰려들어 붙잡은 채 저질스러운 농담과 욕설을 늘어놓으며 옷을 찢는 광경. 그러나 전선에서는 결코 드물지 않은 광경이었다.

대의명분도 없고 승산이 확실하지도 않은 오랜 전란은 전선에 끌려 나온 병사들의 정신에 부패와 황폐를 가져오는 모양이다. 여자를 붙잡아놓은 자들의 표정과 숨결에서 이성이라고는 1그램도 느껴지지 않았다. 발정기 짐승조차 고개를 돌릴 것 같은 노골적인 욕망의 에너지가 이리저리 튀어 다녔다.

인기척을 느끼고 병사들이 한순간 움직임을 멈추었다. 적의와 불안에 번뜩이는 열두 개의 눈이 붉은 머리 소년에게 시선의 화살을 날렸다.

"뭐야, 신참 애송이잖아?"

그렇게 말한 것은 여드름 자국이 뺨에 남아 있는 젊고 얼굴이 둥그스름한 부사관이었다.

"너도 끼워줄까? 하기야 그때까지 참을 수 있으면 말이지만."

"힘들걸. 어린놈들은 원래 빠르잖아. 못 버틸 거야."

웃음소리가 작렬했다. 붉은 머리 소년이 이제까지 살아오며 들은 것 중에서도 이렇게나 끈적끈적하고 품성이 결여된 웃음소리는 그리 흔하지 않았다. 유년학교에서 대귀족 자제들이 자신의 낮은 신분을 비웃던 목소리와는 다른 불쾌함이 느껴졌다.

"그만둬!"

자신의 목소리가 너무 컸으며, 또한 여기 담긴 혐오감이 너무 깊어 키르히아이스 자신이 놀랄 정도였다.

심장 깊은 곳에서 태어난 무언가가 순식간에 온 혈관을 내달려 손가락 끝까지 가득 찼다. 그것은 결벽에서 발생한 정의감이 분명했으나, 그이상의 것, 더더욱 뜨겁고 억제하기 힘든 것이 담겨 있었다.

안네로제도 황제의 침소에 끌려갔을 때 이렇게 저항했을까. 맞설 수 없는 권력과 폭력 앞에 어쩔 수 없이 굴복했을까. 키르히아이스는 그런 생각을 했던 것이다. 간과할 수 없었다. 그의 마음에는 항상 그 부채負債가 있었다.

"헤헤! 들었나, 전우 제군? 이 붉은 머리 아가가 우리더러 그만두라고 명령하시는데?"

다시 웃음소리가 일어났다. 자신들의 우위를 확신한 자들의 위압적인 웃음이었다. 그들은 여섯이었으며, 키르히아이스는 키가 크기는 해도 언뜻 보기에 몸집도 여린 데다 무엇보다 소년이었으므로 위압감을 느끼지 않은 것이다. 동년배 소년들 사이에서야 어른스럽게 보이겠지만, 전장에서 생사의 관문을 드나들었던 병사들에게는 어린아이로밖에 보이지 않았다.

"그만두라니까!"

그들은 키르히아이스의 목소리에 감명을 받지는 않았다. 다시 한 번 독기 어린 웃음을 터뜨리더니 무언가를 내던졌다. 녹색 계통의 선명한 색채가 눈앞에 퍼졌다. 병사들의 손에 찢겨 나간 여성의 겉옷이었다.

소년의 눈동자가 붉은 머리카락과 같은 색으로 타올랐다.

키르히아이스는 온몸의 근육을 움직였다. 병사들의 벽이 무너졌다. 그들은 온몸을 던진 소년의 공세에 미처 대응하지 못했다.

여드름 자국이 남은 부사관이 입을 가리며 신음했다. 손가락 틈에서 붉은 지렁이가 기어 나와 손등에서 손목을 타고 떨어졌다. 구타당하면서 혀끝을 깨무는 바람에 잘려 나간 것이다.

"이 자식이……!"

떠밀려 나가기만 했을 뿐 심한 피해는 입지 않은 나머지 다섯 명은 여자를 내팽개치고 두 눈에 음습한 노기와 복수심을 불태우며 자세를 잡왔다. 이제 냉소나 농담으로 넘어갈 단계는 지났다.

키르히아이스의 정면에 있던 한 사람이 오른손 주먹을 날렸다. 충분히 체중이 실린 일격이었으나 키르히아이스를 맞히기에는 스피드가 부족했다. 백스텝으로 이를 피한 후 정확하기 이를 데 없는 일격을 상대의 턱에 꽂았다. 그 병사가 뒤로 넘어졌을 때 리더격인 병사가 길고 굵은 팔을 뻗어 등 뒤에서 키르히아이스를 붙들고 자유를 빼앗았다.

"죽여버려!"

살기등등한 목소리가 붉은 머리 소년을 에워쌌다.

그들의 시야를 황금색 섬광이 가로질렀다. 한순간의 일이었다. 리더격 병사가 신음소리를 내며 땅에 엎드리고, 그 몸을 짓밟으며 금발 소년이 서 있었다.

"움직이지 마라!"

라인하르트의 목소리는 무형의 칼날이 되어 병사들에게 꽂혔다. 덤벼들려던 자세 그대로 병사들은 온몸을 굳혔다. 이를 노려보며 라인하르트가 위압했다.

"한 걸음이라도 움직이면 네놈들 리더의 목뼈를 밟아 부러뜨리겠다. 그래도 좋다면 움직여봐라."

움직이는 자는 없었다. 푸른 얼음빛 눈동자에서 뿜어내는 날카로운 안광에 병사들의 신경망은 꽁꽁 묶여 손가락 하나 움직일 수 없었다. 하늘을 보고 드러누운 거구의 병사 위에 올라선 채, 싸움에 대비해 자세를 잡은 소년의 모습에는 압도적인 무언가가 있었다.

"키르히아이스, 총에 손을 대는 놈이 있다면 사살해. 책임은 내가 질 테니."

공포를 모르는 안광과 목소리가 승패를 완전히 결정지었다. 병사들의 저항 의욕이 급속도로 시들어 공포와 패배감으로 바뀌었다. 약자에게 폭력을 마음껏 휘두를 수 있어도 강자에게는 그러지 못하는 것이다.

"동작 그만! 뭣들 하는 짓이냐!"

큰 소리를 지르며 달려온 장교, 즉 후겐베르크 대위 덕에 사태는 겨우 수습되었다.

후겐베르크 대위에게 온갖 설교를 들으며 헬더 대령의 집무실로 돌아온 라인하르트는, 불쾌함의 증기를 토해내고만 있는 대령에게 의연하게 가슴을 펴고 타협 없는 표정과 어조로 붉은 머리의 벗이 옳았음을 주장했다.

"키르히아이스는 그들의 상급자였으며, 명령은 합당했습니다. 잘못은 모두 피해자 측에 있습니다. 그들은 제국군인임에도 황제 폐하와 자신의 명예를 시궁창에 내던졌습니다. 그 잘못을 시정하고 군의 신뢰를 회복하려던 키르히아이스의 행위는 칭송을 받으면 모를까, 문책을 당할 이유가 어디 있단 말입니까?"

그것은 수동적인 변호가 아니었다. 해이해진 군기와 이를 시정하지 못한 지휘관에게 던지는 강렬한 탄핵이었다.

라인하르트가 대령의 집무실에서 나오자 이번엔 복도에서 기다리던 키르히아이스가 깊이 고개를 숙였다.

"라인하르트 님, 수고를 끼쳐드려 죄송합니다."

"왜 사과를 해? 넌 옳은 일을 했잖아."

"하지만 라인하르트 님의 처지가……"

"만약 내가 먼저 그 광경을 보고도 여자를 구하지 않았다면 넌 날 경멸했겠지? 마찬가지야. 마음에 두지 마."

"감사합니다."

다시 한 번 키르히아이스가 고개를 숙이자, 라인하르트는 슬쩍 웃더니 새하얗고 나긋나긋한 손을 뻗어 벗의 붉은 머리카락을 만지작거렸다.

"마음에 두지 말라고 했잖아. 이 정도로 일일이 고개를 숙였다간 나중엔 물구나무를 서서 다녀야겠어."

……모니터 화면에서 눈을 떼며 후겐베르크 대위가 독살스럽게 내뱉었다.

"흥, 건방진 금발 애송이 자식. 총탄이 꼭 앞에서 날아오는 줄 아나 보지."

수백 년도 넘게 쓰여 닳아빠진 적의의 표현을 부끄러운 줄도 모르고 사용한다.

"대령님, 저런 골칫거리를 방임해두시면 질서유지와, 무엇보다도 대령님의 권위에 타격을 입을 것입니다. 어떻게든 조치를 취해야 하지 않겠습니까?"

헬더 대령이 그 선동에 넘어간 것 같지는 않았다. 그는 그저 무표정하게 종이 한 장을 내밀었다. 이를 읽은 부하의 표정이 크게 흔들리는 것을 보며 처음으로 미소를 지었다. 그러나 결코 명랑한 웃음은 아니었다.

"……그렇게 된 걸세, 대위. 놈은 무훈을 세우고 싶다지? 그러면 소원을 들어주기로 하세. 주어진 기회를 어떻게 살릴지는 본인의 기량과 운에 달린 것이니, 설령 안 좋은 방향으로 돌아간다 해도 할 말은 없지 않겠나?"

라인하르트와 키르히아이스에게 기동장갑차로 적진을 정찰하라는 명령이 내려온 것은 그로부터 두 시간 후였다.

한랭지용으로 개조한 기동장갑차 '판처 IV'는 2년 전부터 제국군 지상부대의 주력장갑차로 채택되었다.

수소전지로 950마력의 출력을 내며, 무장은 구경 120밀리미터 레일캐논 1문과 범용 하전입자 광선 발칸포 1문, 최고속도는 시속 120킬로미터, 유기강화세라믹과 산화티타늄으로 만들어진 차체는 전파, 적외선, 저주파를 흡수하는 무색도료로 도장했다. 여기에 관성항법 시스템, 적외선 암시暗視 시스템, 공중자세 제어 시스템, 지향성 집음 해석 시스템, 지자기 측정 시스템 등을 완벽하게 갖추었다. 제국군 기술개발진이 거대한 국비를 투입하고 메커트로닉스의 정수를 모아, 가격대 성능비를 거의 무시한 채 만들어낸 차량이었다.

물론 뛰어난 정찰 및 통신 시스템은 동등한 능력을 지닌 방어 및 방해 시스템으로 무력화될 운명을 걷는 것이 군사기술의 전형이다. 상대의 기술력을 끊임없이 무력화하다 보니 지상전에서는 군용견이니 전서구도 쓰였으며, 이에 대응하느라 탈취제를 뿌리고 육식성 냉큼을 풀어놓는 일마저 있었다. 무릇 인간은 비생산적인 데 상상을 초월하는 에너지와 물자를 투입하는 법이다.

라인하르트의 생각은 전쟁 그 자체를 부정하는 쪽으로 기울지는 않았다. 전략적 의의를 무시하고 그저 당면한 적에게 일정한 피해를 입히면 그것으로 족하다는 저열한 구상력과 패기가 그의 분노를 자극했던 것이다.

"이놈들은…… 아니, 이놈들만이 아니라 제국군 상부부터 그 모양이지만, 왜 싸우는 것인지, 목적을 달성하려면 무엇을 해야 하는지를 전혀 생각하질 않아. 적이 있으면 싸우고, 이기면 그만이라는 것밖에 모르지."

라인하르트는 물론 그들과는 달랐다. 그는 우주를 손에 넣으려 했다. 그 전에 그는 현재의 은하제국, 즉 골덴바움 왕조를 타도하고 찬탈해야 하며, 그러려면 무력과 권력을 장악해야 하고, 또한 그러려면 무훈을 세워 영달해야만 한다.

『'자유행성동맹'을 참칭하는 반란군의 지상부대는 이 기지에서 북서쪽으로 600 내지 700킬로미터 떨어진 산간지대에 거점을 구축한 것으로 추정된다. 그 거점의 위치를 확인하고, 아군이 이를 공격해 파괴 내지 점거하기 위한 정보를 수집하라.』

헬더 대령의 명령이었다. 겉으로 보기에는 이의를 제기할 여지가 없었다. 그러나 입 밖으로 말하지는 않으면서도, 라인하르트와 키르히아이스는 이것이 분명 대령의 징벌이리라 생각했다. 성공을 염원한다고 보기에는 지나치게 조잡한 명령이었으며, 지리에 밝은 병사가 안내해 주지도 않았다. 컴퓨터에 정보가 입력되어 있다고 해도 결국은 보완 정도밖에 되지 않았다.

대령이 그들 두 사람에게 악의를 품었다는 것은 의심의 여지가 없었다. 그렇다고는 해도 원인이 확실치가 않다. 단순히 질이 나쁜 장난이라면 과거에도 얼마든지 경험했지만, 이것은 장난이라고 하기에는 정도를 넘어섰다.

환송하는 자도 없이 기지를 출발한 장갑차는 다섯 시간에 걸쳐 눈과 얼음의 계곡을 전진했다.

여름에는 잠시나마 눈이 녹아 물이 흐르기도 하는 모양이었다. 여러 층으로 겹쳐진 얼음은 때때로 아래쪽의 균열을 그대로 남긴 채 그 위에 차갑고 투명한 널빤지를 덮은 것처럼 보였다. 얼어붙을 때 나온 물거품을 둥글게 남기고 갇힌 파문을 보면, 시간의 흐름 일부분을 그대로 잘라내 풍화의 손길이 미치지 않는 장소에 은밀하고도 소중히 보존한 것처럼 여겨졌다.

이상을 알아차린 것은 기지를 500킬로미터 정도 떠나, 밤이 진남색 도료로 세상을 덮어버리기 시작했을 무렵이었다. 가늘고 긴 계곡 같은 곳이었다. 운전하던 키르히아이스가 붉은 머리카락을 한 손으로 쓸어 넘기며 고개를 살짝 갸웃했다.

"이상하군요. 이걸 좀 보십시오."

그의 손가락이 가리킨 곳에서는 '에너지 소비도'를 알리는 램프가 붉게 점멸하고 있었다. 라인하르트는 수려한 눈썹을 찡그리며 장갑차를 멈추라고 명령했다.

"수소진지는 새것으로 교환했다. 내 눈으로 확인했어."

"예, 저도 확인했습니다. 하지만 확인한 다음 계속 자 곁에 붙어 있었던 것도 아니니까요……."

두 사람은 시선을 교환했다. 금발 소년의 입에서 날카롭게 혀를 차는 소리가 들렸다. 대령이 압력을 가했으리라는 생각밖에는 들지 않았다.

"징벌 정도가 아니군, 이거. 여기서 죽으라는 소리인가 본데."

"하지만 이렇게까지 요란하게 수작을 부리는 이유가 뭘까요? 나중에 장난이라고 둘러대봤자 절대 통하지 않을 수준입니다."

"나도 그걸 알고 싶어."

라인하르트가 고개를 가로젓자 화려한 황금색 머리카락이 물결쳤다. 밀 이삭이 햇빛을 받으며 일렁이는 광경 같았다. 키르히아이스는 한순간 그 모습에 정신을 빼앗겼지만, 미적 감상에 빠질 때가 아니었다. 이제는 생사가 걸린 사태가 되었다.

"어떻게 하시겠습니까, 라인하르트 님? 되돌아가려 해도 에너지가 부족합니다."

"일단 밤이 지나기를 기다리자. 이래서야 움직이고 싶어도 움직일 수 없으니."

선택한 것이 아니었다. 그 외에 달리 도리가 없었던 것이다. 동력이 꺼지면 수색 시스템도 꺼진다. 병기도 무용지물이며, 조명과 난방도 켤 수 없다. 하다못해 항성광이라도 없으면 움직이지 못한다.

그래도 해야 할 일은 해야 한다. 얼마 안 남은 동력으로 장갑차를 얼음 절벽의 우묵한 곳까지 이동하고 눈과 얼음을 씌워 위장했다. 차바퀴 흔적은 다소 감추고 나머지는 눈보라에 맡겼다. 마지막으로 기계음에만 반응하는 초소형 센서를 도처에 뿌려놓았다.

장갑차 안으로 들어왔다. 단열복 덕에 얼어 죽지는 않겠지만, 실온이 1초마다 떨어지는 감촉은 쾌적함과는 거리가 멀었다. 토해내는 숨이 얼어붙어 정전기 같은 소리를 내고 냉기가 뺨을 짓눌렀다. 그 힘이 점점 강해졌다. 손전등을 켰지만 밝기는 최소한으로 억제했다. 억제하기 힘든 것은 식욕이었다. 한창 식욕이 왕성할 때인 두 사람에게는 더더욱 절실한 문제였다.

"누님이 만들어 주신 양파 파이를 먹고 싶은걸. 그리고 뜨거운 커피한 잔."

"크림을 듬뿍 넣어서요."

키르히아이스가 대답했다. 양쪽 모두 비만을 두려워할 필요가 없는 체질이었다. 라인하르트는 우아하고 키르히아이스는 강인했으며, 두 사람 모두 날카로운 순발력과 탄력 있는 근육을 자랑했다.

"누님의 파이에 비교하면 안 되겠지만, 이건 숫제 가축 사료인걸. 끔찍해."

라인하르트는 탄력 없는 흑빵을 손가락 끝으로 쿡쿡 찔렀다. 방사선 보존 처리된 조리품도 있지만 가열해야만 먹을 수 있다. 아무리 그래도 빵의 품질은 눈으로 보고도 믿기 힘들 정도였다.

"대령이 물자를 횡령하는 걸지도 모르겠어."

있을 법한 이야기였다. 말단 병사들의 퇴폐와 부패는 직접 확인했다. 원래 사회나 조직이 아래부터 썩는 일은 절대 없다. 반드시 위부터 썩는 법이다. 역사상 한 번의 예외도 없을 정도로, 인간사회에서 보기 드문 법칙성이었다.

라인하르트는 화려한 황금색 머리를 손가락으로 쓸어 올렸다.

"동사나 아사가 아니라도 난 지상에서 숙기는 싫어. 어차피 볼로블사를 누릴 수는 없을 테니, 기왕이면 내게 어울리는 곳에서 죽고 싶어."

무리도 아니다 싶었다. 이 사람의 두 다리는 대지를 딛고 서기 위해서가 아니라 하늘로 날아오르기 위해 있는 것이다. 지상은 라인하르트가 죽을 장소가 아니다. 제아무리 현란한 꽃이 흐드러지게 핀 정원이라 해도, 대리석과 크리스털 유리로 호화롭게 장식한 궁전이라 해도 라인하르트의 죽음에 어울릴 장소는 아닐 것이다.

"키르히아이스, 넌 어떤 곳에서 죽고 싶어? 어쨌거나 이런 데서 죽고 싶진 않겠지?"

"저는 곁에 라인하르트 님이 계시고 안네로제 님이 계신다면…… 그 외에는 아무것도 바라지 않습니다."

자신이 욕심이 없다고 생각하지는 않았다. 오히려 지나치게 큰 것을 바라는 것은 아닐까. 그는 라인하르트와, 안네로제와 미래를 공유하고 싶었으니까.

"내가 손에 넣는 건 뭐든지 절반은 네 거야. 명예도, 권력도, 재산도, 무엇이든."

라인하르트는 흐림 없는 목소리로 뜨겁게 말했으나, 이내 쓸쓸하게 웃었다.

"……그래도 지금 나눌 수 있는 건 이 흑빵과 커피, 그리고 희망뿐이 구나."

"지금은 그거면 충분합니다."

키르히아이스는 마지막 커피를 절반씩 컵 두 개에 따랐다. 그것이야 말로 라인하르트의 뜻에 어긋나지 않는 행동이었다. 만약 전부 라인하르트에게 주었더라면 진심으로 화를 냈을 것이 분명했다.

"커피를 마시면 먼저 자라. 명령이다."

"예, 소위님."

키르히아이스는 일부러 익살스럽게 대꾸했다. 라인하르트의 긍지와 책임감을 존중하는 것도 그의 중요한 역할이었다.

……유년학교를 졸업할 때, 라인하르트는 당연한 것처럼 수석을 차

지했다. 그에게 수석은 결과일 뿐 목표가 아니었다. 인식과 파악의 능력이 탁월했으므로 학업에 필요한 기억의 선택과 축적, 나아가서는 응용까지 가능했으나, 라인하르트의 가치관은 창조와 구상에 무게를 두었으므로 우수한 성적에는 사실 전혀 의미를 느끼지 못했다. 언젠가 그가 권력을 쥐면 경직된 유년학교와 사관학교의 교육도 전면 개혁의 대상이 될 것이다.

실기과목에서는 키르히아이스가 이따금 라인하르트조차 능가하는 성적을 보였다. 사격은 전 학년에서 2위였다. 1위는 사격의 천재라고밖에 할 수 없는 조그만 생도였는데, 그 생도는 사격에서만 천재였으므로 종합평가에선 키르히아이스보다 훨씬 떨어졌다.

백병전 기술에서도 키르히아이스는 학년 최우수 성적을 거두었다. 커다란 체격과 뛰어난 완력을 가진 생도는 얼마든지 있었지만 키르히아이스만큼 완벽하게 몸을 컨트롤할 수 있는 사람은 상급생 중에도 극히 드물었다. 물론 B-III기지의 병사들은 그 사실을 몰랐을 것이다.

라인하르트는 그 사실을 그저 기뻐하지만은 않았다.

"그냥 경호병은 앞으로도 얼마든지 구할 수 있어. 하지만 넌 그 정도로는 안 돼. 내 대리가 되어 수만 척의 함대를 이끌이야 하니까"

그리고 키르히아이스와는 전략과 전술 이야기를 나누고 싶어 했다. 남이 보기에는 과대망상으로밖에 보이지 않을 것이다. 그러나 비할 데 없을 정도로 아름다운 미모를 생기 있게 빛내며 이야기하는 라인하르트를 바라보는 것은 키르히아이스의 기쁨이었다. 또 한 가지, 라인하르트의 누이, 그뤼네발트 백작부인이라는 칭호를 가진 안네로제와 이야기를 나누는 기쁨과 함께.

정원의 캐스케이드물이 흐르는 계단 곁에 앉아, 나뭇가지 사이로 새어든 빛이 물에 반사되는 모습을 바라보는 안네로제. 그 모습이 시각을 통해 키르히아이스의 기억에 깊이 뿌리를 내렸다. 처음으로 노이에 상수시 입궐을 허락받았을 때, 키르히아이스는 대리석 궁전에도, 수목과 정원로를 기하학적으로 배치한 정원에도, 무지개를 드리운 거대한 분수에도 눈길을 주지 않았다. 그저 멀리서, 그의 마음속 신전에 살던 여성의 모습만을 바라보았다.

한편으로는 어린 소녀 시절 안네로제의 모습 또한 키르히아이스의 망막에 각인되어 있었다. 동생보다도 살짝 색조가 짙은 금발을 가지런히 땋고, 소박하지만 청결하고 기품 있는, 손질이 잘된 옷 위에 하얀 에이프런을 걸치고, 동생과 동생의 벗을 위해 파이를 구워주던 모습. 그때까지도 그 후로도 화려하게 치장한 귀부인은 수도 없이 보았으나, 흑표 모피도 비취 왕관도 안네로제의 하얀 에이프런 차림에는 미치지 못했다.

"……라인하르트, 지크, 어서 손을 씻고 오렴. 갓 구운 파이가 기다리고 있으니까."

이 얼마나 감미롭고 따뜻한 목소리인가.

그리고 그 목소리로 그는 부탁을 받았다.

"지크, 라인하르트를 부탁해. 라인하르트는 너 말고 친구를 사귀려 하지 않지만, 너 하나면 충분하다는 마음은 나도 잘 알겠어. 내 부탁을 들어주겠니?"

"예…… 그럼요. 목숨과 맞바꿔서라도."

본심이었기 때문에 그 말이 붉은 머리 소년의 입에서 나왔다. 그것은 소년에게는 신성하기 이를 데 없는 맹세였다.

"그래서는 안 돼. 둘 다 건강하게 돌아와야지……."

안네로제는 눈동자 색도 동생보다 살짝 진했다. 그 눈동자가 키르히아이스를 가만히 바라보았다. 깊고도 깊어, 마치 빨려 들어갈 것 같은 생기의 원천.

"어느 한쪽이 일방적으로 희생하는 사이는 오래가지 못하는 법이란다. 너희 둘은 서로 필요한 존재가 되었으면 해. 부디 서로 나누는 사이가 되어주렴."

"예, 안네로제 님의 분부대로 하겠습니다."

그렇게 말하는 것이 고작이었다. 사실은 묻고 싶었다…… 자신이 **안네로제 자신**에게도 필요한 존재냐고. 언젠가, 그 누구보다도 필요한 존재가 될 수 있겠느냐고. 그러나 마음이 가는 대로 몸을 맡기고 행동하기에는 제약이 지나치게 많았다. 키르히아이스는 커다란 감정을 가슴속에 눌러 담고 프로이덴 산지로 떠나는 그녀를 배웅했다.

라인하르트와 둘이서 프로이덴 산지의 산장을 방문한 적이 두 번 있다. 물론 황제가 없을 때였다. 처음에는 격렬한 봄철 폭풍이 찾아오는 바람에, 암회색 비바람 속에서 산장에 갇힌 채 계획했던 놀이는 하나도 즐기지 못했다. 난로 불꽃 앞에서 번갈아 노래를 부르고, 노래가 다 떨어지자 조용히 불꽃을 바라보기만 했다. 각자 눈동자에 불꽃의 그림자를 담아.

두 번째 갔을 때는 날씨가 좋았다. 크리스털 유리를 녹인 것처럼 투명한 강에서 송어를 낚고, 돌과 나뭇가지로 화로를 만들어 버터를 발라 구워 먹었다. 생각해 보면 이는 엄청난 특권이었다. 프로이덴 산지에 있는 것은 공기도, 물도, 흙도, 강에 사는 송어도, 잡초 한 포기에 이르기까지 모두 황제의 사유물이었으니까. 그리고 그곳에 세운 산장도, 산장에 사는 이도……

견딜 수 없는 것은 그 점이었다. 황제가 호화로운 궁전에서 매일 밤 무도회를 열고, 숲과 목초지와 계곡이 몇 개씩 들어 있는 광대한 수렵장에서 버팔로며 여우를 사냥하고, 보석과 대리석과 귀금속으로 거실을 장식한다 해도, 그런 것은 아무렇지도 않았다. 재력이 있는 한, 질릴 때까지 마음껏 사치를 부리라지. 미녀를 후궁으로 모아 서로 교태를 뽐내도록 한들 어떻겠는가…… 스스로 권력자의 소유물이 되기를 바라고 특권의 낟알을 주워 모으는 여성들도 분명히 존재할 테니까.

그러나 안네로제는 아니다. 그녀는 썩은 냄새를 풍기는 권력자의 새장에 갇힐 만한 여성은 절대 아니었다.

그 지저분한 노인, 예복을 걸친, 훈장의 무게조차 견디지 못할 것 같은 늙고 추한 권력자에게 안네로제의 헌신적인 간호를 받을 가치가 있을까. 키르히아이스는 그렇게 생각하지 않았다. 그 하얀 손, 열이 나는 이마에 서늘하고 기분 좋은 감촉을 주던 부드러운 손은 라인하르트와 키르히아이스 두 사람을 위해서만 존재하는 것이 아니었던가. 그렇기 때문에 안네로제의 손은 두 개밖에 없었던 것이 아니었던가. 붉은 머리 소년은 진심으로 그렇게 생각했다. 그 잘못을 시정하기 위해, 라인하르트의 구상처럼 권력구조를 개혁하고 그 안에서 힘을 얻어야 한다면, 키르히아이스에게는 라인하르트의 목적 달성에 공헌하는 것이야말로 의심할 여지가 없는 정의였다.

급속히 의식이 깨어났다. 어깨 부근에 어렴풋한 진동을 느꼈기 때문이었다. 눈을 뜨자 라인하르트가 어깨를 살짝 흔들고 있다는 것을 깨달았다.

"적의 장갑차 세 대가 얼쩡거리고 있어."

라인하르트의 속삭임에 키르히아이스도 작은 목소리로 대꾸했다. 라인하르트의 어깨 언저리가 차갑게 젖어 있음을 알아차렸다.

"일부러 바깥까지 다녀오셨군요. 깨워 주셨으면 됐을 것을."

"지금 깨웠잖아. 우린 에너지를 전혀 쓰지 않았으니 저쪽은 우리를 파악하지 못했을 거야. 그만큼 유리하지만, 적이 여기까지 진출했을 줄은 몰랐는걸."

"대령도 여기까지 계산하진 못했을 테고요."

"하지만 기대는 했겠지."

라인하르트의 목소리는 씁쓸했다.

라인하르트는 대령이 아마 상부에 개인적인 연줄을 가지고 있으리라고 추측했다. 자연적으로도 인공적으로도 이만큼 위험에 가득 찬 곳에 라인하르트와 키르히아이스 두 사람만 파견했다면 훗날 비난을 받을 우려가 있을 것이다. 전장에 갓 도착한 미숙련자 둘에게 정찰을 시켰다면…… 심지어 라인하르트는 황제 총비의 동생이 아닌가.

"그 정도는 얼마든지 무마해줄 사람이 상부에 있다는 뜻이겠지. 지저분한 동지의식으로 묶인 자가."

"그렇다면 매우 뿌리가 깊겠군요."

"그래. 대령 한 사람 체면이 걸린 문제가 아닌 것 같아. 우리가 이 별에 도착하기 전부터 환영 준비를 해놓았던 것 아닐까?"

아무튼 대령의 의도대로 놀아나 줄 이유는 전혀 없다. 게다가 라인하르트와 키르히아이스에게는 적극 대처해야 할 이유가 있었다.

"저놈들의 장갑차를 손에 넣으면 우리가 살아 돌아갈 길이 훨씬 넓어지겠지. 그렇게 생각하지 않아?"

"예. 몇 배는 될 겁니다."

그들 눈앞에 첫 전투가 다가오고 있었다. 무훈이나 야심을 운운하기 이전에, 살아남기 위한 전투가. 이것은 오히려 바라지도 않은 기회일지도 모른다. 이쪽은 설령 단둘뿐이라 해도, 호흡만 따지자면 불순물이 없는 만큼 훨씬 낫다.

두 사람은 장갑차 뒷좌석에 실려 있던 정밀유도병기, 즉 대장갑차 로켓 런처를 꺼내 밖으로 나갔다. 블래스터의 에너지 캡슐도 확인했다. 라인하르트는 절벽에 돋아난 커다란 고드름 하나를 백병전용 나이프로 잘라냈다. 절벽으로 기어 올라가자 눈 아래에 좁게 난 길로 장갑차 세 대가 나란히 지나가고 있었다. 라인하르트와 키르히아이스는 서로에게 고개를 끄덕이고는, 대장갑차 로켓 런처를 재빠르게 세팅했다.

한때 중기동장갑복重機動裝甲服이 우주시대 최고의 병기로 떠올랐다가 극히 짧은 시간 내에 사라진 것은 정밀유도병기에 취약하다는 치명적인 약점이 있었기 때문이었다. 장갑복이 무거운 데다가, 높은 접지압 때문에 동작이 둔해지면 정밀유도병기에는 절호의 먹이가 된다. 점프 로켓을 장비해봤자 연료적재량이 얼마 안 되니 금세 에너지가 바닥나 역시 정밀유도병기의 표적이 된다. 위력과 에너지를 강화하고자 인간의 신체 크기를 넘어선 거대한 장갑복은 더더욱 조준하기 쉬울 뿐이었다. 게다가 값싼 로켓탄 한 발로 중기동장갑복을 파괴할 수는 없다 해도 내부의 착용자가 충격에 움직이지 못하고, 특히 뇌진탕을 일으켜 무력해지는 사례가 속출했으므로 이제는 어느 진영에서도 쓰지 않는다…….

두 사람은 런처가 절벽 능선에서 고개를 내밀지 않도록 주의했다. 적의 금속 센서에 발각당하면 끝장이다. 첫 번째 장갑차는 그냥 보내고, 두 번째도 보냈다. 직접 보이는 것도 아니고 거의 무음주행이기는 했지만, 그래도 중량에 따른 진동만은 어쩔 수 없으므로 어딜 통과하는지는 알 수 있었다. 세 번째 장갑차가 통과하려 할 때, 두 사람은 런처를 절벽에서 내밀곤 장갑차의 뒤를 향해 발사했다.

거짓된 정적이 고막을 난타하는 폭발음에 찢겨 나갔다. 불꽃과 연기가 장갑차를 에워쌌으며, 파괴된 차체의 파편이 열풍을 타고 허공에 난무했다.

"우선 한 대."

라인하르트는 회심의 미소를 지었다. 키르히아이스는 눈부시게 생각했다. 황금의 머리카락에 은백색 미소를 겸비한 그의 천사에게 승리의 미소야말로 가장 잘 어울렸다.

다만 그 미소는 금세 사라지고, 날카로우며 긴박한 표정이 되살아났다. 나머지 두 대의 장갑차가 폭음을 듣고 돌아왔기 때문이다.

오렌지색 불꽃과 검은 연기가 줄무늬를 이루며 피어오르고 맴돌았다. 장갑차가 정지하자 광선총이며 블래스터를 든 동맹군 병사들이 일제히 쏟아져 나왔다. 아군이 정밀유도병기에 당했다는 것은 일목요연하니, 장갑차에 타고 있으면 위험하기 때문이다. 숫자는 모두 여덟 명.

병사들 사이에서 짧은 대화가 오가더니 네 명씩 조를 짜 앞뒤 방향으로 갈라졌다. 행동에 군더더기가 없었다. 흩어진 것은 적의 위치를 최대한 빨리 파악하기 위해서, 그리고 한곳에 뭉쳐 있다가 화력을 집중당할 위험을 피하기 위해서일 것이다. 복병에 대항하기 위한, 지극히 올바른 행동이었다. 설마 상대가 겨우 둘이라고는 생각하지 못했을 것이다. 그러나 대담한 두 소년에게는 이것이 각개격파의 기회였다. 2 대 8이라면 승산이 없다. 그러나 2 대 4라면 경우에 따라서는……

적의 위치를 확인한 다음 일회용 런처를 그 자리에 놓고 절벽 반대쪽으로 미끄러져 내려갔다. 그들도 둘로 갈라졌다.

병사 네 명이 조심스럽게 주위를 살피며 다가왔다. 맨 뒤에 있는 병사는 뒤를 본 채 후방의 습격에 대비하고 있었다. 타이밍을 재 키르히아이스가 전방의 모퉁이 끝에서 커다란 얼음조각을 던졌다. 그 소리가 병사들의 주의를 끌었다. 셋은 그대로 뛰어나갔다. 네 번째 병사는 방향을 전환하느라 약간 거리를 두고 동료들의 뒤를 쫓아갔다.

그 순간 라인하르트는 네 번째 병사를 공격했다. 금속 센서에 반응하지 않도록 무기로 얼음 장검을 들었다. 고중력 상태에서도 마치 체중이 없는 사람처럼 가벼운 동작이었다. 동맹군 병사의 장갑복에 달린 열 센서가 반응해 병사가 몸을 돌리려 했을 때 라인하르트의 몸이 부딪쳤다.

무채색 세계에 진홍의 띠 한 줄기가 번뜩였다. 장갑복은 관절 부위가 최대의 약점이었으며, 가장 굵은 관절부위는 바로 목덜미 부분이다. 얼음의 검은 병사의 목에 꽂혀 기도와 경동맥을 뚫었다.

혹한의 대기를 피리처럼 높은 소리가 갈랐다. 치명상을 입은 병사는 쓰러지며 몸을 뒤틀었고, 그 반동으로 라인하르트를 밀쳐냈다. 얼음 장검은 부러져 한쪽은 라인하르트의 손에 남고, 한쪽은 병사의 목에 깊게 박힌 채 얼어붙어 지표에 부딪치면서 다시 부러졌다.

소리를 들은 세 병사가 뛰어와 라인하르트의 모습을 발견하고 총구를 돌렸다.

장신을 한껏 숙인 채 얼음 위에서 몸을 굴리며 키르히아이스가 블래스터를 세 발 쏘았다. 속도도 정확도도 보통이 아니었다. 헬멧의 유기강화유리가 기이한 소리를 내며 깨지고 두 명이 쓰러졌다. 세 번째 병사에겐 명중하지 않았지만, 이것은 그 병사의 수호천사가 사력을 다했기 때문이었다. 그 병사는 반들반들한 얼음 표면에 발을 디뎠다가 넘어져, 빛줄기는 조금 전까지 그의 머리가 있던 공간을 꿰뚫었을 뿐이었다.

넘어지면서 그 병사는 응사했다. 시야를 빛줄기가 비스듬히 교차해 키르히아이스는 아주 잠깐 눈을 감았으나, 다시 떴을 때는 엉거주춤 일어난 병사가 얼음 위에 쓰러지는 광경을 포착했다. 라인하르트가 쏜 광선에 헬멧의 실드를 꿰뚫린 것이었다.

이윽고 마지막으로 남은 병사 네 사람은 동료 네 명의 시체를 발견했다. 헬멧 너머로 분노와 불안의 시선을 나누었다. 그들은 무인 상태에 동력도 남지 않은 제국군의 장갑차를 발견하고 의아해하다 이 자리에 늦게 도착한 것이다. 라인하르트와 키르히아이스는 긴급의료용 액체 산소통을 들고 언덕 위에서 그들을 내려다보았다. 지금까지는 계속 선수를 쳤으며, 동력과 열원이 없었던 것이 두 사람에게 오히려 유리하게 작용했으니 참으로 아이러니했다.

동맹군 병사들은 자신들이 숙련된 1개 분대 이상의 적병과 대치하는 것이라 굳게 믿었다. 전장에 처음 나온 두 소년병에게 희롱당했다는 것을 알면 그들의 굴욕감과 증오는 달랠 수 없었을 것이다.

그들은 열 센서를 최대 출력으로 높이고 주위를 수색했으며, 한데 뭉쳐 절벽 바로 아래를 향해 다가갔다. 이번엔 각자 각개격파당하지 않도록, 또한 포위되었을 때 즉시 대처할 수 있도록, 나아가서는 절벽에 등을 돌리고 반대쪽의 공격을 회피할 수 있도록 의도한 것이었다.

그 순간 금속 센서가 요란하게 울려 퍼졌다. 액체 산소통이 그들의 머리 위쪽에서 튀어나오는가 싶더니, 극저온의 액체가 작은 폭포처럼 쏟아졌다.

액체산소를 머리부터 뒤집어쓴 동맹군 병사들은 한순간에 얼어붙었다.

비명을 지를 틈도 없었다. 장갑복도 무력했다. 레이저 광선이나 고체 탄환에는 견고함을 자랑하는 장갑복도 이런 습격에는 대처할 도리가 없었다.

자세가 안정적이었던 병사는 얼어붙은 채 대지에 뿌리를 내렸다. 그러나 그러지 못한 자는 얼어붙은 채 넘어져, 기이하게 맑고 메마른 소리를 내며 박살이 났다. 마치 싸구려 유리그릇처럼.

그것은 매우 무미건조하고 현실감이 느껴지지 않는 광경이었다. 피 냄새도, 인체의 온기도 없었으며, 그런 만큼 살육의 피비린내도 없었다. 인간을 소모품으로 보고 물량으로 환원하는 전투의 극단적인 단면이었을지도 모르지만, 당장 두 소년은 거기까지는 생각할 처지가 아니었다.

라인하르트와 키르히아이스는 주인을 잃은 동맹군 기동장갑차에 다가갔다. 장갑차 그 자체를 포획할 수는 없었다. 컴퓨터와 연결된 운전용 헬멧에는 뇌파 패턴 검출 시스템이 있다. 이를 무력화할 장치는 없었으며, 차체를 통째로 수송할 차량도 없었다.

두 사람은 필요한 것만 획득하기로 했다. 장거리 주행에 버틸 수 있는 에너지 잔량을 가진 수소전지, 적의 기지 위치를 역산하는 데 유익한 관성향법 시스템의 데이터 등이었다.

수소전지를 재충전해 자신들의 장갑차에 에너지가 회복되자 라인하르트와 키르히아이스는 힘차게 허공에서 손바닥을 마주쳤다. 이제 그들의 첫 출전은 일단락된 셈이다. 둘이서 장갑차 세 대를 물리치고 적 기지의 위치 데이터를 입수한 것이다. 충분하고도 남을 공적이라 해도 과언이 아니었다. 하지만 라인하르트는 안심할 수 없었다. 그는 키르히아이스에게 자신의 생각을 이야기하고, 재빠르게 어떤 상황을 대비했다.

모든 준비를 마친 후에야 비로소 공복을 채울 수 있었다. 이제까지 소화기관의 불평 어린 목소리를 계속 무시하며 활동했던 것이다. 장갑차를 빙벽 반대편으로 옮긴 다음, 초음파 레인지에 방사선 살균 크림 스튜와 닭고기 파이를 넣고 커피를 끓였다. 그리고 다소 불건전할지도 모르지만 작은 목소리로 노래까지 부르며, 이중의 폭풍 틈에서 따뜻한 식사를 즐겼다.

"어라, 살아있었나? 운도 좋군."

독살스러운 목소리가 새로운 극의 개막을 알렸다.

반쯤 눈과 얼음에 파묻힌 기동징갑치 차체 위에 주저앉아 있던 라인하르트는 푸른 얼음빛 눈동자를 들어 소리가 들린 방향을 노려보았다. 30미터 정도 떨어진 얼음 절벽 아래 제국군 기동장갑차 두 대가 정차해, 한 대의 루프 윈도우에서 후겐베르크 대위의 상반신이 튀어나와 있었다. 얇은 입술이 반달 모양을 이루었으며, 그곳에 맺힌 웃음은 주위의 냉기보다도 더더욱 싸늘했다.

"대위님, 여긴 어떻게 오신 겁니까?!"

라인하르트는 짐짓 경악한 목소리와 표정을 꾸몄으나 사실은 자신의 예상이 적중한 데 만족했다. 반드시 누군가가 라인하르트와 키르히아이스의 죽음을 확인하러 찾아오리라 생각했다. 범죄자는 범행현장을 확인하는 법이기 때문이다. 라인하르트의 죽음을 바랐다면 증거가 될 시체를 찾아야만 할 것이다. 이를 예상한 라인하르트는 자신들의 무훈이 될 증거를 모조리 눈과 얼음 밑에 감추어놓았다.

자못 유쾌하게, 동시에 독살스럽게 대위가 웃었다. 라인하르트가 당황한 것을 보고 만족한 모양이었다.

"소위, 경의 부하는 어떻게 됐나? 붉은 머리가 안 보이는데."

라인하르트는 얼굴과 함께 시선을 내리깔았다. 풀이 죽은 것처럼 보이지만 사실은 표정을 감추기 위해서였다.

"……동력원이 떨어져 차량도 움직이지 않고 무기도 쓸 수 없었기 때문에, 구조를 청하러 나갔다가 계곡에 떨어졌습니다. 구하지 못했습니다."

"저런! 그거 안됐군."

"그의 유체를 찾고 싶습니다. 도와주십시오. 그다음엔 대위님의 장갑차를 타고 기지로 돌아가겠습니다."

"안됐지만 거절하겠네."

"그럼 여긴 왜 오신 겁니까?!"

"이젠 숨길 필요도 없겠지. 소위가 영원히 기지에 돌아올 수 없도록 하기 위해서일세. 전파발신기의 위치를 따라서 말이지. 물론 동사하거나 전사하기를 기대했지만, 가끔은 이렇게 육체노동도 필요하니까."

"뭐라고요?!"

또다시 소리를 질러 보았다. 대위는 매우 만족스러운 것 같았다.

"경에게는 첫 출전이 마지막 전투가 된 셈이랄까. 참으로 가슴이 아프네만, 딱히 드문 일은 아니지. 첫 전투야말로 가장 어려운 법이니까. 포기하고 깨끗하게 붉은 머리 전우의 뒤를 따라가게."

"헬더 대령님이 이 사실을 아신다면 분명 엄벌에 처하실 겁니다."

"그 대령님이 명령하신 걸세. 경을 죽이라고."

라인하르트는 다시 자신의 추측이 옳았음을 확인했으나, 물론 입 밖으로 내지는 않았다. 상대의 우월감과 승리감을 부추겨 더 많은 정보를 얻어야만 했다.

"왜죠?! 제가 뭘 했다는 겁니까! 대령님께 누가 되는 일은 한 적이 없습니다."

"네 존재 자체가 누가 된단 말이다."

대위의 표정에는 관료형 군인의 가장 끔찍한 일면, 즉 처지가 불리한 자에게 보이는 끝없는 가학성이 노골적으로 드러났다.

"난 그뤼네발트 백작부인의 동생이다! 언젠가 너희들의 위에 설 사람이란 말이다! 이런 짓을 하고도 무사히 넘어갈 줄 아느냐!"

라인하르트는 비명에 가까운 목소리를 내 보았다. 이 연기가 더더욱 귀중한 정보를 안겨주리라 확신하면서.

"누이의 위광을 빌려 협박하려고? 안됐지만 그딴 것은 곧 찾아볼 수도 없을 거다. 광원 그 자체가 사라질 테니까."

"뭐라고……?"

푸른 얼음빛 눈동자가 크게 뜨였다. 반쯤은 연기가 아니었다. 라인하르트가 아무리 명민하다 해도 열다섯 살의 소년이 예견하는 데에는 한

계가 있는 법이다.

"헬더 대령님은 궁정의 높으신 분께 줄이 닿지. 경들이 이 행성에 도착했을 때 그분의 친서가 도착했다. 그분은 폐하의 총애가 두터운 귀부인이거든. 벼락출세한 가난뱅이 귀족 출신 계집애가 궁정을 좌지우지하는 것을 참을 수 없다고 하시더군. 그러니 순서대로, 우선 동생부터 없애버리라고 하셨다."

"……대체 누구냐, 그 귀부인이란 자가."

"어차피 아무에게도 말할 수 없을 테니 가르쳐 주마. 그분의 이름은 베네뮌데 후작부인이라고 하신다."

"……들어본 적이 있다. 누님 바로 전에 폐하의 총애를 받았다가, 사내아이를 사산한 적이 있는 여성이지."

"맞아. 타고난 귀부인이시다. 네놈의 누이 같은 창녀와는 신분이 달라."

그 저열하기 짝이 없는 욕설을 들은 라인하르트의 푸른 얼음빛 눈이 똑바로 쳐다보기 힘들 정도로 날카로운 빛을 뿜어냈다.

"좋아. 잘 알겠다. 이젠 네놈에게 볼일이 없다는 것을. 키르히아이스, 해치워!"

장갑차 안에 몸을 숨긴 키르히아이스는 완전히 준비를 갖추고 있었다. 명령과 그에 따른 반응은 완전히 방심했던 후겐베르크 대위 일행의 반응보다 훨씬 신속하고도 정확했다. 120밀리미터 레일 캐논이 요란하게 불덩어리를 토해내고, 대위가 타지 않은 쪽 장갑차를 삼켜 반격할 틈도 없이 눈부신 폭발광 속에 묻어버렸다. 냉기는 열풍에 지배당하고 난류가 되어 주위의 빙벽을 난타했다.

"죽여라! 저놈들을 죽여!"

대위는 억제를 잃은 목소리로 외쳐댔다. 라인하르트는 낚인 물고기가 아니라 함정 속에서 사냥꾼을 향해 도약하는 호랑이였던 것이다. 낭패와 공포에 붙들린 대위의 눈앞에서 두 번째 포화가 작렬했다. 라인하르트가 장갑차의 오른쪽 바퀴 세 개는 빙벽에 댄 채 왼쪽 바퀴 세 개만 굴려 상대의 발포를 피하고, 키르히아이스는 그 자세에서 정확한 사격을 퍼부은 것이다.

후겐베르크 대위는 눈과 얼음의 두꺼운 양탄자 위에 피를 흘리며 엎드리는 자신을 느꼈다. 빛과 불꽃에 눈을, 폭발음에 귀를, 고통에 복부를 난자당했다. 두 소년이 그의 앞에 서는 것은 기적으로만 알 수 있었다.

"어라, 살아있었나?"

이번엔 라인하르트가 싸늘한 목소리를 던질 차례였다. 유혈에 눈 녹은 물이 섞여 때 이른 냇물을 이루는 가운데 후겐베르크 대위는 신음했다. 패기와 적의가 한순간마다 몸 밖으로 도망치는 것을 자각하며, 대위는 실제 낼 수 있는 것보다 더더욱 미약한 목소리로 목숨을 구걸했다. 지난 잘못을 뉘우치고 충성을 맹세했다.

"어떻게 할까, 키르히아이스?"

블래스터의 총구를 약간 내리면서 황금색 머리카락의 소년이 묻자, 붉은 머리카락의 소년은 평소와는 달리 냉혹한 거부의 표정을 지었다.

"……이자는 안네로제 님을…… 안네로제 님의 명예를 더럽혔습니다."

창녀라는 말을 키르히아이스는 참을 수 없었다. 라인하르트가 고개를 끄덕이자 황금색 머리카락이 빛의 파도를 일으켰다.

"들었나, 대위? 나도 그와 같은 의견이다. 우리를 죽이려 했던 것은 상관없어. 당신 처지도 이해하니까. 그러나 당신은 해서는 안 될 말을 했지. 달리 속죄할 방법은 없어."

블래스터에서 빛줄기가 번뜩여 대위의 두 눈 사이에 박혔다. 쓰러진 채 두 번 다시 움직이지 않는 대위의 눈이 눈과 허무를 비치고 있었다.

"이딴 놈들과 싸워야 한다니……."

라인하르트는 씁쓸한 목소리로 중얼거렸다. 그는 뛰어난 적, 존경할 만한 적과 싸우고 싶었다. 그것도 이런 변경 행성의 지표 위가 아니라, 무한한 깊이와 넓이를 가진 별의 대양에서. 과연 그 바람은 언제쯤 이루어질까.

"기지로 돌아가자, 키르히아이스. 싸움은 이제부터 시작이야."

"예, 라인하르트 님."

키르히아이스는 고개를 끄덕였다. 기지에서 '길보'를 기다리고 있을 헬더 대령에게 호된 징벌의 채찍을 가하고, 그의 등 뒤에 실을 드리운 궁정귀족들에게 상응하는 죗값을 치르게 해야 한다. 그들의 음모에서 안네로제를 구해내야 한다. 그것이 잠시나마 안네로제와 황제의 유대를 강하게 해 주더라도, 귀족들이 그녀를 해치도록 놔둘 수는 없었다. 살아 있다면 …… 피차 살아있다면, 반드시 그 봄철 햇살과도 같은 미소를 그에게 보일 날이 올 것이다. 그날을 위해 자신은 싸울 것이다.

장갑차의 핸들을 잡으며 키르히아이스는 라인하르트의 금발에 안네로제의 금발을 겹쳐 보고 있었다.

황금의 날개

……우주력 792년, 제국력 483년.

자유행성동맹은 은하제국의 최중요 군사거점인 이제르론 요새를 공략하고자 제5차 원정대를 파견했다. 주지하다시피 이 거대한 요새는 두 세력을 잇는 이제르론 회랑의 중심에 있으며, 우주력 640년 '다곤 성역회전' 이래 1세기 반에 걸친 분쟁의 역사가 되풀이된 공역이다. 이번에 동원한 병력은 함정 총 5만 1400척, 장병 600만에 이르는 대군이었다.

제5차 이제르론 원정부대의 총사령관은 동맹군 우주함대 사령장관 시드니 시톨레 대장이었다. 나이는 쉰다섯 살. 2미터에 이르는 장신과 정신적으로 균형 잡힌 분위기의 흑인 제독으로, 호박색 눈은 올려다보는 부하들에게 강렬한 인상을 심어주었다.

5월 2일, 시톨레 총사령관은 기함 헥토르의 작전회의실에 100명이 넘는 참모들을 소집했다.

"아군은 과거 네 차례에 걸쳐 이제르론 요새를 공격했으며, 네 차례에 걸쳐 패배했다. 불명예스러운 기록이 아닐 수 없다. 이번 원정의 목적은 이 기록을 중단하는 것이다. 더 이상 기록갱신에 협조할 수는 없다."

참모들 사이에서 소극적인 웃음소리가 일었다. 이제 약 90시간 정도면 이제르론 요새에 도달한다. 이미 세국군의 전초지점에 들어섰다고 보아야 했다. 시톨레 총사령관의 농담 같은 어조도 그들의 긴장을 완전히 풀어줄 수는 없었다.

『이제르론 요새는 난공불락이다.』

이것은 선전도 확신도 아닌, 그야말로 사실이었다. 과거 네 차례의 공략전에서 동맹군이 일방적으로 입은 손해는 차마 눈 뜨고 볼 수 없을 정도였다.

직경 60킬로미터, 외각 표면적 1만 1300평방킬로미터에 이르는 거대한 은색 인공구체는 실체보다도 더더욱 거대한 벽이 되어 동맹군의 전진을 가로막았다. 미러 코팅이 된 초경도강과 결정섬유와 슈퍼 세라믹으로 이루어진 4중 복합장갑의 방어력도 방어력이지만, '토르 하머'라 불리는 주포의 파괴력은 동맹군 장병의 등줄기에 고드름이 돋아날 만큼 무시무시한 것이었다. 수백, 수천의 함정을 종잇장처럼 격파하고 찢어발기며 우주 심연으로 뻗어 나가는 거대한 빛의 창은 동맹군에게 악몽의 대명사였다.

여기에다 요새 주둔함대가 있다. 1만 척에서 1만 5000척으로 추정되는 대규모 병력이다. 이번에 동맹군이 동원한 병력은 이를 크게 웃돌지만, 제국 본토에서 병력이 증원될 가능성도 있어 함부로는 단정할 수 없었다.

제국군의 기본 전술은 단순했다. 동맹군 함렬을 요새 주포 '토르 하머'의 사정거리 내로 끌어들인다…… 이것 한 가지뿐이다. 그다음에는 압도적인 화력이 일방적인 파괴와 살육을 마음껏 구가할 뿐이다.

"과거 네 차례 모두 그렇게 당했습니다. 이번에도 충분히 주의해야 합니다."

참모 중 한 사람이 말했다. 시톨레는 어깨를 으쓱했다.

"그렇게나 닳고 닳은 방법을 또 써먹겠지?"

"예, 닳고 닳은 방법입니다. 그러나 잊지 마십시오. 자주 쓰였다는 것은 그만큼 효과가 있다는 뜻이니까요."

"시제를 정확히 사용하게. 효과가 '있었다.' 라고."

시톨레 대장은 은근슬쩍 자신감을 내비쳤다.

"양 소령, 지난번에 토의했던 작전안을 발표해주게."

두 부관 중 한 사람이 자리에서 일어났다.

올해 스물다섯인 그는 아직 사관학교 생도라 해도 통할 만큼, 좋게 말하면 젊어 보였고 나쁘게 말하면 관록이 없어 보였다. 하얀 별을 물들인 검은 베레모에서 머리카락이 삐져나와 영 군인처럼 보이지 않았다. 선이 가는 학자풍의 청년인데, 어딘가 초연한 느낌도 들었다.

"그럼 발표하겠습니다. 우선 제국군이 요새에서 어느 정도 전진할지 추측하자면……."

발표가 진행됨에 따라 간부들 사이에 놀라움의 표정이 퍼져갔다.

"기발한 작전이네만, 그건 자네의 아이디어인가, 소령?"

단정한 신사풍의 중년 제독이 물었다.

"아닙니다, 그린힐 중장 각하. 저는 그저 발표를 맡았을 뿐입니다."

"양 소령은 우격다짐으로 요새를 공략하는 것 자체를 반대한다네."

시톨레 대장이 웃자 예순 살도 넘은 백발의 제독이 물었다.

"그럼 대안은 있나?"

"아닙니다, 뷰코크 각하. 그런 방법이 있다면 고생은 필요 없을 것입니다."

쓴웃음 섞인 실소가 퍼졌다.

회의가 끝나고 시톨레와 양 웬리만이 회의실에 남았다. 서류를 품에 가득 안고 일어난 양에게 투과벽 앞에 서 있던 시톨레가 말을 걸었다.

"양 소령, 이제르론 요새는 단순한 군사시설이 아닐세. 전제주의의 무력지배를 상징하는 상징물이지. 그 상징물을 하늘에서 바닥까지 떨어뜨린다면, 군사만이 아니라 정치적인 정세도 크게 바뀌고, 심지어 역사마저 바뀔지도 모르네. 결코 군사력을 과시할 목적으로 이러는 것이 아닐세."

상징물을 없앤다 해서 실체까지 사라지리란 법은 없지 않느냐고 흑발의 청년장교는 생각했다. 더더욱 과격하게 생각한다면, 이제르론 요새가 상징하는 것은 이를 둘러싸고 항쟁하는 양쪽의 **구세력**일지도 모른다.

"뭔가 할 말이라도 있나 보군."

"아닙니다……."

"괜찮으니 말해보게. 사관학교도 아닌데, 점수라도 매길까봐 그러나?"

"그럼 기탄없이 말씀드리겠습니다. 우격다짐으로 이제르론 요새를 함락하는 것은 불가능하지 않을까요? 게다가 함락한다 해도 우리에겐 막심한 피해를 입은 요새가 남을 뿐입니다."

"앞쪽은 그렇다 쳐도 뒤쪽은 지당한 말이네만, 그럼 어떻게 하면 좋겠나?"

"가장 바람직한 것은, 기왕이면 말짱한 요새를 얻는 것입니다. 그러면 우리가 방어거점으로 활용할 수 있습니다."

"말짱한?"

"예. 말짱한."

시톨레 대장은 악의 없는 웃음소리를 냈다. 그는 젊은 소령의 발언을 농담으로 받아들인 것이다.

"그건 너무 염치가 없지 않나?"

총사령관은 그 말을 남기고 회의실을 나갔다.

양 소령은 살짝 입을 움직였다.

"군사력만 가지고 모든 것을 해결하려는 발상이 훨씬 염치없는 것 아

닐까……."

그의 중얼거림을 들은 사람은 그 혼자뿐이었다. 이미 시톨레 대장의 넓은 등은 저만치 멀어졌다. 양은 베레모를 벗고 공연히 검은 머리카락을 긁어댔다.

올해 들어 함께 열여섯 살이 된 라인하르트 폰 뮈젤과 지크프리트 키르히아이스는 은하제국군 일원으로서 이제르론 요새에 있었다.

사자 갈기를 연상케 하는 황금색 머리카락을 가진 라인하르트는 벌써 소령이었다. 검은 바탕에 은색 군복은 남들과 다를 바가 없는데도 마치 라인하르트 한 사람만을 위해 만든 것처럼 잘 어울렸다.

이 소년은 타고난 육체적 형질, 그리고 여기에 내재한 정신적 형질이 화려하기 이를 데 없었으므로 의상으로 이를 강조할 필요가 없었다.

언제나 그의 곁에는 장신의 소년, 타오르는 듯한 붉은 머리카락을 가진 지크프리트 키르히아이스가 따랐다. 그도 이제는 중위였다.

이제르론 요새에 부임해 주둔함대에 적을 둔 이래 라인하르트는 은근한, 혹은 공공연한 뒷손가락질을 받았다.

"저기 봐, 저 금발 애송이가 그놈이라더군."

"황제의 총애를 한 몸에 받는 그뤼네발트 백작부인의 동생 말이지?"

"흥, 운도 좋은 놈. 제법 출세하겠구만."

"누님의 미모가 쇠하지 않는 한은."

어느 것 하나 신선한 말이 없었다. 그 한 조각으로 대화 전체를 재구성해 발언자의 표정까지 생생하게 상상할 수 있을 정도였다. 일일이 마음에 둘 수도 없었지만 때로는 그 독기가 정신의 벽을 긁어대기도 했다.

"열여섯 살짜리 소령님이라. 흥. 동맹군인지 하는 놈들에게 붙잡히면 아주 애지중지해 주겠는걸."

"동물원에 모실지도 모르지. 그놈들 군대엔 10대 영관급 장교란 건 없을 테니까."

이렇게 발언한 자는 혀의 죄를 온몸으로 갚게 되었다. 작은 황금 새가 정신에서도 전투능력에서도 사실은 맹금이었다는 것을 깨달았을 때 그들은 두 소년으로 인해 부어오른 얼굴을 땅바닥에 짓눌리는 꼴을 당했으니까.

"감히 누구더러 운이 좋다고? 누님을 황제에게 빼앗긴 것이 행운이야? 딸을 황제에게 팔아넘기는 부모를 둔 것이 행운이냔 말이다!"

라인하르트는 분노에 떨리는 목소리로 붉은 머리의 벗에게 호소했다. 그가 이처럼 마음을 터놓을 수 있는 것은 이 벗 외에는 단 한 사람밖에 없었다.

"언제나 라인하르트 님께서 먼저 화를 내시니 저는 위로하는 역할만 맡는군요. 가끔은 바꿔보고 싶기도 합니다."

"은근히 짓궂은 소리도 다 하는구나, 키르히아이스."

분노가 가셨는지, 라인하르트의 표정과 어조에서는 가볍게 삐진 듯한 파동만이 느껴졌다.

"네게 그런 면이 있는 줄은 몰랐는걸. 사귄 지 6년이나 됐는데."

화려한 금발 뒤로 양손을 깍지 껴 받치는 그 동작도 어린아이 같다.

"예. 저도 놀랄 정도입니다."

"이 녀석."

라인하르트는 화를 내는 척하다 실패하고 웃음을 터뜨렸다. 키르히아이스도 웃었다. 마침 그때 지나가던 두 장교가 그들과는 전혀 다른 웃음을 던지며 멀어졌다.

"황제의 위세만 믿고 설치는 새끼여우."

"평민보다 못한 가난뱅이 귀족이 제 세상인 양⋯⋯."

들으라는 듯 싸늘한 욕설을 흘린다. 키르히아이스의 조심스러운 시선에 라인하르트는 고개를 끄덕였다.

'마음껏 웃으라지.'

푸른 얼음빛 눈동자에 그들의 조소를 반사하며 라인하르트는 속으로 중얼거렸다.

'언제까지고 웃을 수는 없을 테니까. 앞으로 10년, 아니, 앞으로 5년만 지나면 네놈들의 운명과 생명을 내 손바닥 위에 올려놓고 마음껏 휘저어줄 테니까.'

수많은 소중한 것을 되찾으려 라인하르트는 싸워야만 했다. 황제에게 빼앗긴 누이, 잃어버린 행복한 순간, 권력과 허영과는 무관하던 나날.

라인하르트에게는 빛보다도 빨리 우주를 누빌 날개가 필요했다. 그리고 날개를 지탱해줄 키르히아이스의 손도 반드시 필요했다. 그는 전망실의 투과벽 너머로 별의 대양을 바라보았다. 소리도 없이 쇄도하는 5만 척의 함대가 아직 보일 리 없었다.

헬무트 렌넨캄프 대령은 스물아홉 살의 젊은 장교였지만, 그를 직접 만난 자들은 이 공식자료를 믿기가 영 힘들 것이다. 길게 기른 콧수염은 지나치게 멋들어질 정도여서, 이것이 그의 외견 연령을 더해주는 데 일조했다.

그리 볼품 있지도 않고 딱딱한 이 사내가, 키르히아이스의 눈에는 이제까지 라인하르트가 만난 사람 중에서 그나마 최고의 부류에 속하는 상관이었다. 적어도 이 사내는 부하에게 공정하려고 노력했다. 요새 주둔함대 사령부의 사열부 차장인 그는 대귀족 출신이라는 이유만으로 부장이 된 상사를 대신해 함대의 일상 행동을 감독하는 몸이었다. 5월 2일, 라인하르트는 렌넨캄프의 호출을 받고 사열부 차장 집무실에 들어섰다.

벽에 두 장의 거대한 초상화가 걸려 있었다. 483년 전에 은하제국을 세운 루돌프 대제의 사나울 정도로 박력과 위압감이 가득 찬 얼굴. 현 황제인 프리드리히 4세의, 선조와는 대조적으로 피로와 권태만이 감도는 얼굴. 5세기에 걸쳐 천천히 희석된 골덴바움 왕가의 피를 여기서도 엿볼 수 있었다.

렌넨캄프와 함께 라인하르트도 초상화를 향해 경례를 올렸으나, 상관의 1만분의 1도 마음이 깃들지 않은 경례였다.

렌넨캄프가 말하자 수염이 말을 하는 것 같은 느낌이었다.

"군무성 인사국에 내 친구가 있는데, 경의 이야기 몇 가지를 들려주더군. 그의 말에 따르면 라인하르트 폰 뮈젤은 **걸어 다니는 골칫덩어리**라던데, 뭔가 짐작 가는 거라도 있나?"

"소관이 들은 것과는 다소 다릅니다."

"흠?"

"**뛰어다니는 골칫덩어리**라고 들었습니다."

렌넨캄프 대령은 어디까지나 무감정했다. 지나치게 멋들어진 콧수염조차 꿈틀하지 않았다.

"뮈젤 소령, 나는 경의 과거 평가는 조금도 신경 쓰지 않네. 앞으로 아군의 조화를 흐트러뜨리지 않고, 또한 군인으로서 본분을 다해 준다면 그만일세."

"명심하겠습니다."

그렇게 대답하는 것이 무난하다고 생각했으나, 라인하르트 또한 아직 열여섯인 만큼 통찰력에 한계가 있었으며, 특히 렌넨캄프가 그를 불러낸 이유는 알지 못했다.

"경을 만나고 싶다는 자가 있네."

그자는 헌병소령 그레고르 폰 크룸바흐라고 했다. 30대 초반의, 깡마르고 날카로운 인상을 주는 사내였다. 4200광년 떨어진 제국 수도 오딘에서 정기연락편으로 도착한 이 사내는 궁정에서 특명을 받고 왔다는 소문이 자자했는데, 궁정도 황제의 총비며 대귀족들이 얽히고설켜 수많은 파벌이 있다. 이런 파벌을 만들지 않는 사람은 라인하르트의 누이 안네로제 폰 그뤼네발트 백작부인 정도밖에 없다.

"라인하르트 폰 뮈젤 소령을 내밀히 조사하라는 명령을 받았습니다. 상사이신 대령님의 협력을 부탁드립니다."

그 말을 들었을 때 렌넨캄프 대령은 매우 수상쩍은 기분을 느끼고 수염과 시선을 움직이지 않을 수 없었다.

"궁정 내의 불화를 전선까지 끌고 오지 말게. 게다가 라인하르트 폰 뮈젤의 계급은 고작해야 소령이고, 나이는 열여섯밖에 되지 않았네. 왜 그리 못 잡아먹어 안달인가?"

라인하르트에게 호의를 품어서가 아니라 헌병소령에게 반감을 품었기 때문에 나온 발언이었다.

"예, 그는 고작 일개 소령에 불과합니다. 그러나 그의 누이 그뤼네발트 백작부인이 황제 폐하의 총애를 받아 그 칭호를 얻은 것은 불과 6년 전이었습니다."

소령은 웃으며 피리를 부는 듯한 소리를 냈다.

"앞으로 6년 후에 그 소년이 어떤 지위에 오를지 상상해보는 것도 재미있겠지요."

"경의 선견지명은 둘째 치고, 함부로 내부의 불협화음을 조장하는 행위는 삼가 주게."

"그 점은 명심하겠습니다만, 대령님께도 양해를 부탁드리지요. 부디 소관의 직무를 방해하는 언동은 삼가 주시기 바랍니다."

엷은 웃음이 크룸바흐 소령의 입가를 장식했다.

"소관의 뒤에는 고귀하신 분이 계시니까요……."

제도에서 멀리 이제르론까지 온 헌병소령은 요새 내 헌병본부 한곳에 자기 책상을 두고 당장 조사에 착수했다. 라인하르트는 출두 요구를 받고 어쩔 수 없이 따라야만 했다. 헌병소령은 의자를 권하더니, 무언가 자료를 앞에 놓고는 이야기하기 시작했다.

"작년 7월, 이 요새에서 8.6광년 떨어진 행성 카프체란카의 아군 기지에서 동맹군을 참칭하는 공화주의자들 사이에 진투기 일어났네. 기지의 이름은 B-III. 세 시간에 걸친 치열한 전투 끝에 아군은 승리했으나, 기지사령관 헬더 대령은 전사했네."

헌병소령이 눈을 내리깔자 두 눈이 누렇게 빛났다. 라인하르트는 백옥 같은 피부 아래에 개미가 돌아다니는 듯한 느낌을 받았다. 기분 나쁜 인간이었다.

"당시 뮈젤 소령, 경은 소위였으며, 적의 기습에서 기지를 지키는 데 큰 공헌을 했다더군."

"과찬입니다."

"공식발표는 그렇지만, 실상은 다소 다른 것 아닌가 하는 의혹이 있네."

"군의 공식발표를 의심하십니까?"

"가급적 완벽을 기하자는 것뿐일세. 경이 쓸데없는 의심을 사지 않기 위해서라도 협조해 주기 바라네."

헌병소령은 짐짓 다리를 꼬았다.

라인하르트의 가슴속에서 달력이 역회전했다. 1년 전, 혹한의 행성에서 보낸 며칠이 되살아났다. 유년학교를 갓 졸업한 라인하르트와 키르히아이스는 즉시 전선에 배치되었다. 그 자체는 무훈을 세우려는 그들이 바라던 바였으나, 기지사령관 헬더 대령에게 이미 황제의 지난 총비 주산나 폰 베네뮌데 후작부인의 입김이 닿은 후였다. 그들 두 사람은 대령의 손에 떠밀려 사지死地로 향했다.

장갑차의 연료가 떨어진 것, 미지의 전장에 안내인도 없이 두 사람만 내팽개쳐놓은 것, 그런 악조건 속에서 여덟 명의 적병을 쓰러뜨려 첫 출전을 장식한 것, 그들의 죽음을 확인하러 온 헬더 대령의 부하와 싸워 쓰러뜨린 것, 그때 그의 입으로 베네뮌데 후작부인이 라인하르트를 해치려 한다는 사실을 들었던 것…….

'이자도 베네뮌데 후작부인의 끄나풀인가……?'

라인하르트의 누이 안네로제는 바라지도 않은 황제의 총애를 독점했으며, 그 결과 수많은 후궁의 원한을 샀다. 얌전한 그녀의 성격 덕에 공공연한 적은 적었지만 그녀에게 증오를 품을 수밖에 없는 처지인 사람도 있었다. 주산나 폰 베네뮌데 후작부인은 그중 가장 거물이었다.

"실례지만 크룸바흐 소령께서는 어느 분의 명령을 받으셨기에 이미 해결이 된 사항을 조사하는 것입니까?"

"기밀일세."

"……."

"현재 질문하는 사람은 본관이지 경이 아니야. 헬더 대령이 적의 기습을 가장한 아군에게 살해당했다는 불명예스러운 의혹이 존재하는 이상, 이를 공명정대하게 밝혀야 할 것일세."

"지당한 말씀입니다."

"……정말 그런가, 뮈젤 소령? 내게 무언가 할 말이 있을 것 같은데?"

무슨 말을 하란 것인가. 라인하르트는 푸른 얼음빛 눈동자로 헌병소장을 바라본 채 침묵했다. 무슨 말을 하면 이놈이 만족할까. 나와 키르히아이스가 살아 돌아왔을 때 낭패하던 헬더 대령의 표정을? 전투 도중 내게 총을 겨눈 헬더의 긴장 어린 미소를? 키르히아이스의 총격에 손목을 맞고, 반대로 내가 총을 겨누었을 때의 불쌍한 얼굴을? 생각하고 싶지도 않았다. 무시무시한 눈보라 속에서, 헬더는 부하를 죽여 권세에 아첨하려는 비열함에 당연한 대가를 치른 것이다. 라인하르트는 헬더를 용서할 수 없었다. 그를 죽이려 했을 뿐 아니라 누이까지 모욕했기 때문이다.

"어떤가, 뮈젤 소령?"

"아무것도 없습니다."

라인하르트는 싸늘하게 받아쳤다. 조용한 선전포고였다.

일시 방면되어 장교 클럽으로 돌아오자, 기다리고 있던 키르히아이스가 안심한 듯 웃으며 커피잔을 내밀었다.

"어땠나요?"

"그 헌병소령, 우리가 헬더 대령을 죽인 거 아니냐고 은근슬쩍 떠보던걸."

커피잔을 건네던 키르히아이스의 손이 한순간의 절반 정도 굳어졌다.

"확신이 있어서 그런 무례한 소리를 입에 담았을까요?"

"모르지. 단순한 공갈일지도 모르고."

"증거는 없을 겁니다. 게다가 그건 정당방위였습니다. 그들이 먼저 우리를 죽이려 했으니까요."

"우리에겐 물론 그렇지. 하지만 헌병들은 다른 해석을 할지도 모르니까."

"어떤 해석입니까?"

"놈들이 좋아할 법한 해석."

라인하르트는 자신의 무력함이 아쉬웠다. 그는 아직까지 일개 소령일 뿐이다. 열여섯 살의 소년에게는 너무나도 높은 지위였지만, 누이를 궁정 내의 음모와 정략에서 지키기에는 너무나도 약한 위치였다. 베네뮌데 후작부인을 비롯한 적대세력에게서 누이를 지키려면 한시라도 빨리 지위와 실권을 얻어야 한다. 물론 라인하르트의 생각은 방어에만 그치지는 않았다.

라인하르트 다음으로 크룸바흐 소령에게 불려 나간 것은 키르히아이스였다. 붉은 머리 소년은 헌병소령의 고압적인 태도에 움츠러드는 기색도 없이 심문에 답했다.

"라인하르트 님…… 이 아니라, 뮈젤 소령님께서 직접 명령하지 않는 한 대답할 수 없습니다."

"라인하르트 님이라."

헌병소령은 악의와 야유를 담아 웃었다.

"경의 언동을 보면 뮈젤 소령과 경은 상관과 부하라기보다는 주군과 신하 같군."

"해석은 소령님의 자유입니다."

키르히아이스는 강철 같은 강인함으로 받아쳤다. 표정이 험악해진 헌병소령은 직권으로 그를 구류하려 했으나 렌넨캄프 대령이 이의를 제기했다. 물론 대령을 움직인 것은 라인하르트였다. 동맹군이 회랑에 침입했다는 보고가 날아든 이 마당에, 급하지도 않은 일로 직무를 방해한다는 항의였다.

"적의 대공세가 눈앞까지 밀려든 이 시기에 내부의 사기를 떨어뜨리는 행위는 삼가 달라고 말했을 텐데."

"외람된 말씀이오나 대령님, 시기와 상황이 어쨌든 군부 내의 범죄를 방치할 수는 없습니다."

"함부로 범죄라 단정 지어도 되는 것인가?"

"의혹은 풀어야만 하며, 정의는 이루어져야만 합니다. 황조皇祖 루돌프 대제 폐하 이래로 내려온 섭리가 아닙니까?"

헌병소령은 거드름을 피우며 선언했으나, 그의 어조는 군인이나 범죄 수사관이라기보다는 종교가 같았다. 렌넨캄프 대령은 무뚝뚝하게, 전초부대의 보고를 통해 동맹군의 대규모 함대가 회랑으로 침입해 요새에 접근한다는 사실이 판명되었다고 알렸다.

"뮈젤 소령은 본 요새에 주둔한 구축함 에름란트 II호의 함장이며 키르히아이스 중위는 부장일세. 적과 맞서 싸우기 위해 함정 한 척이라도 더 필요한 시기에 이를 방해한다면, 의도야 어쨌든 이적행위가 아닌가?"

만면에 노기를 드러내기는 했으나, 헌병소령은 이 논법에 굴복할 수밖에 없었다. 그리고 내심 확신했다. 대령에게 이러한 논법을 심어준 것은 '건방진 금발 애송이'일 것이라고.

5만 척의 대함대가 매초마다 이제르론 요새로 다가오는 것은 사실이지만, 라인하르트와 키르히아이스는 당분간 크룸바흐 헌병소령의 불쾌한 심문에서 벗어나 2인실 침대에 편히 누울 수 있었다. 그러나 키르히아이스는 잠을 이루지 못했다. 멀리 제도에 있는 안네로제가 걱정되어 수마의 손을 뿌리쳤던 것이다. 2000일이 넘는 기억의 달력을 거꾸로 넘기고 또 넘겼다. 처음 대면했을 때, 또한 그 후 안네로제가 뭐라고 말했던가.

"옆집 아이구나. 이름은 지크프리트? 지크라고 불러도 될까?"

"지크, 동생과 친하게 지내 주렴."

"어머나, 라인하르트, 지크. 또 흙투성이가 돼서 왔구나. 빨래하는 사람 입장도 좀 생각해야지."

"동생은 이제 너와 같은 학교에 다닐 수 없단다. 짧은 기간이었지만, 고마워."

……한마디, 한마디를 키르히아이스는 똑똑히 기억했다. 그 자상하고 아름다운 연상의 여성은 궁내성의 관리에게 끌려가 황제의 후궁에 갇혀 그뤼네발트 백작부인이라 불리게 되고 말았다.

아니야, 아니야! 그분은 그뤼네발트 백작부인이 아니야. 안네로제지. 옆집의 '안네로제 누나'란 말이다.

처음에는 열 살짜리 소년에게 어울리는 막연한 동경이었을지도 모른다. 하지만 이제 지크프리트 키르히아이스는 열여섯 살이다. 키는 자라고 그에 호응하듯 마음이 뻗어 나가는 거리 또한 길어져, 넓어진 마음은 한 곳으로 수렴되었다. 자신은 그분을 위해서라면 무슨 일이라도 할 것이다. 그녀의 동생인 라인하르트를 위해서라도, 그렇다, 무슨 일이라도……

몸을 뒤척거리던 라인하르트가 엷은 조명 속에서 눈을 떴다.

"아직 안 자?"

"예. 잠이 안 옵니다."

"……지금 꿈을 꾸었어."

"무슨 꿈인가요?"

조심스러운 물음에 라인하르트는 어린아이 같은 미소로 대답했다.

"너랑 처음 만났을 때."

이미 6년도 더 된 일이다. 뒷골목 거리에 살던 키르히아이스의 옆집에 최하급 귀족인 '제국기사' 뮈젤 가문의 아버지와 남매 세 가족이 이사를 온 것은. 낮은 담장 너머로 신기하게 구경하던 붉은 머리 소년의 눈앞에 황금색 머리카락의 천사 같은 얼굴이 나타나더니, 겁먹은 기색도 없이 음악적인 목소리로 말했다.

"난 라인하르트 폰 뮈젤. 넌?"

"지, 지크프리트 키르히아이스야."

황금색 머리카락의 천사는 붓으로 그린 듯한 눈썹을 찡그리더니, 초면의 붉은 머리 소년을 관찰하고는 마침내 평가를 내렸다.

"지크프리트라니, 흔해 빠진 이름이로군."

"……."

"하지만 키르히아이스라는 성은 멋진걸. 마치 시를 듣는 것 같아. 그러니 난 널 성으로 부르겠어."

"……."

"알았지, 키르히아이스?"

"알았어."

붉은 머리 소년은 고개를 끄덕이고, 한껏 내민 손을 힘주어 잡았다. 그 순간 싹튼 우정은 오늘까지 미동도 하지 않고 이어졌다. 그리고 라인하르트의 누이 안네로제를 포함해 세 사람만의 행복하게 빛나던 나날.

오래는 가지 않았다. 어느 날 제국 궁내성의 검은 고급 랜드카가 뮈젤가 앞에 도착했다. 차에서 내린 두 명의 궁정관료는 누추한 집에 대놓고 눈살을 찡그리면서, 형태뿐인 현관으로 발을 들였다.

아버지와 누이만이 방문객의 이야기를 들었다. 이윽고 돌아가려던 불청객들은, 현관 밖에서 이야기를 엿듣다가 충격에서 벗어나지 못하던 소년에게 말했다.

"네 누나는 운 좋게도 비할 데 없이 고귀한 분의 총애를 받게 되었지. 너도 착하게 굴면 떨어지는 게 좀 있을 게다."

……그 후로 수많은 편견과 냉소와 적개심의 포위망 속에서도 견뎌낼 수 있었던 것은 처음에 얻어맞은 이 일격이 소년을 충분하고도 남을 만큼 상처 입혔으며, 결과적으로 면역을 주었기 때문은 아니었을까. 라인하르트는 폭발했다. 거실로 뛰어가 외쳤다.

"아버지는 생활을 위해 누나를 팔아먹은 거라고요. 황제 따위에게, 우리 누나를……!"

대답한 것은 아버지가 아니었다.

"라인하르트, 라인하르트……."

떨리는 목소리는 그보다 백배는 더한 심정을 드러낸 것이 아니었을까. 누이의 팔 안에서 소년은 격정의 고삐를 놓았다. 남의 앞에서는 운적이 없던, 이상할 정도로 자존심이 강한 소년이 동년배의 평범한 어린아이처럼 울음을 터뜨렸다. 아버지는 거실에서 모습을 감추었다. 무슨 일에든 정면으로 마주 서지 못하는 자였다.

그러나, 그렇다 해도, 아무도 몰랐으리라. 소년의 눈물은 그의 결의와 서약이 액체로 바뀌어 넘쳐난 것이었다는 사실을. 격류가 되어 온 은하제국을 꿰뚫고 역사 그 자체를 관통한 대하의 첫 한 방울이었다는 사실을. 그때 라인하르트는 황제와 왕조에 복수를 맹세했던 것이다.

다행히 1년에 몇 번뿐이기는 해도 누이를 만날 기회는 있었다.

광대함이 서민의 집은 10만 호 이상이나 들어갈 법한 황제의 궁전 '노이에 상수시'의 한구석, 서원西苑의 숲과 호수 너머에 안네로제의 저택이 있었으며, 라인하르트는 키르히아이스와 함께 계절마다 그곳을 찾아갈 수 있었다. '황제 폐하의 특별한 배려' 덕에. 다시 말해, 그때마다 라인하르트는 누이가 황제의 소유물임을 톡톡히 깨달아야만 했다.

나뭇가지 틈으로 비추는 햇빛 같은 누이의 미소를 접하고, 옛날과 전혀 달라지지 않은, 포근하게 감싸는 듯한 목소리를 들으면 마음이 왈츠를 추었다.

"라인하르트, 지크, 잘 왔어."

그런 인사 한마디 한마디가 잘 닦인 보석처럼 소중했다. 당연한 말이지만 헤어질 때 라인하르트의 마음에는 그늘이 드리워졌다. 키르히아이스도 물론 마찬가지였다.

1년 전, 유년학교 졸업을 앞둔 두 사람에게 안네로제가 물었다.

"유년학교를 나와 사관학교로 진학하진 않을 거니?"

"예, 전장으로 나갈 겁니다. 사관학교 책상에 앉아 있어봤자 공을 세울 수 없으니까요. 출세도 하지 못하고요."

출세는 안 해도 괜찮을 텐데. 누이는 말이 아니라 표정으로 말했다. 그것을 이해하지 못할 라인하르트가 아니었지만.

"얘, 라인하르트. 대학에 가서 문관이 될 생각은 없니? 그 정도라면 어떻게든 방편을 마련해줄 수도 있는데……."

"……문관 일은 싫습니다."

그것은 라인하르트의 본심이었지만, 그저 겉모습에 불과했다. 그가 호오의 수준에서 드러낸 껍질 밑에는 뜨겁고도 격렬한 마음이 끓어오르고 있었다. 그가 원하는 것은 '출세'라는 말로 표현할 수 있는 것이 아니었다. 남에게 말하면 미친 사람 소리를 들으리라. 황제를 타도하고, 은하제국의 황제인 골덴바움 왕가를 멸하고, 황조 루돌프 이래 36대에 걸쳐 이어진 골덴바움 왕조의 역사에 종지부를 찍으리라. 소년은 진심으로 그렇게 생각했다.

그러려면 힘이 필요하다. 그리고 문벌이 없는 하급귀족 소년이 급속도로, 그것도 충실한 힘을 얻으려면 전장에서 공을 세우고 군인으로서 출세하는 길밖에 없었다. 그렇게 얻은 강대한 무력으로 5세기에 걸쳐 인류의 과반수를 지배했던 골덴바움 왕조를 멸할 것이다. 제정에 기생했던 무능한 대귀족들도 운명을 함께하리라.

"괜찮습니다, 누님. 위험한 일은 하지 않을 테니까요."

스스로 생각해도 바보 같은 말이지 싶었다. 군인이 전장에 나가 위험한 일을 하지 않는다면 전쟁놀이나 즐기는 대귀족의 바보 자제들과 무엇이 다르겠는가. 그래도 누이를 안심시키려면 이 정도 거짓말은 어쩔수 없었다. 그럴 바에는 차라리 군인의 길을 버리고 문관이 되는 편이나을 테고, 안네로제도 분명히 그렇게 생각했겠지만, 그녀는 아무 말 없이 고개를 끄덕이며 동생의 구차한 변명을 받아들였다.

말하고 싶어도 말할 수 없는 것, 말해서는 안 될 것을 가장 많이 품은사람은 셋 중 누구였을까. 입 밖으로는 다음과 같은 말을 주고받을 뿐이었다.

"무리하지 말렴, 라인하르트."

"예, 누님."

"지크, 폐가 되겠지만 라인하르트가 무모한 짓을 하지 않도록 곁에 있어 주렴."

"예, 안네로제 님."

"둘 다 몸조심하고……."

전사하지 않도록. 안네로제는 그렇게 말하고 싶었을지도 모른다.

안네로제는 언제나 공사를 혼동하지 않아 중립파 사람들의 은근한 호의를 샀다. 그러던 그녀도 두 사람을 위해서만은 황제에게 영향력을 행사해 주었다. 마침내 소년들도 그 사실을 알아차렸다. 라인하르트와 키르히아이스는 항상 같은 곳에 배속되었으니까.

주둔함대 사열부의 렌넨캄프 대령이 라인하르트에게 초계정찰을 명한 것은 아마도 크룸바흐 헌병소령이 끌고 온 문제를 회피하기 위해서였으리라. 임시방편에 가까운 도피라 해야 하겠지만, 음험한 헌병장교의 얼굴을 보지 않을 수 있다면 라인하르트도 환영할 만한 일이었다. 크룸바흐도 정찰을 위해 출동하는 것까지 저지해 수사며 심문을 할 수는 없었다. 결국 궁정의 일부 세력에게서 밀명을 받은 크룸바흐 헌병소령은 출항하는 구축함 에름란트 II호를 전망실에서 지켜보며 혀를 찰 수밖에 없었다.

그것이 5월 4일이었다. 자유행성동맹군이 이제르론 요새에 도달하기까지 겨우 50시간 남짓한 시간이 남았다.

서브 스크린에 비친 구형의 이제르론 요새가 조금씩 멀어져갔다.

이제르론 요새의 외벽은 대 광선무기용 미러 코팅이 된 초경도강과 결정섬유와 슈퍼 세라믹으로 이루어진 4중 복합장갑이었으며, 거대 전함의 고출력 주포로도 상처 하나 낼 수 없었다. 게다가 동맹군이 두려워 마지않는 출력 9억 2400만 메가와트의 거대 주포 '토르 하머'가 있다. 이 두 가지가 건재한 이상 승리의 여신이 제국군을 내버리리라는 생각은 들지 않았으므로 에름란트 II호의 승무원들도 여유가 있었다.

"공화주의자인지 뭔지 하는 것들, 혼이 덜 났나봐. 별 하나를 메울 만큼 시체를 양산하고도 기어 나오다니."

"분명 선거가 다가와서 그럴 거야."

"선거가 뭔데?"

"나도 잘은 모르지만, 그게 다가오면 놈들이 이상하게 호전적으로 변하더라고."

병사들의 소문은 무책임했지만 사실과 그리 다르지는 않았다. 자유행성동맹의 정권 교체 시기가 다가오면 이제르론 회랑의 군사행동이 확실히 증가했다. 실제로 제국군 사관학교에선 '동맹의 정권지지율과 출병

119

횟수의 비례관계 고찰'이라는 논문이 나올 정도였으니까……

라인하르트는 다른 장교들만큼 병사들의 대화에 예민하지는 않았다. 그가 용인하지 않는 것은 단 하나, 귀족들이 그의 누이를 부당하게 모욕할 때였다. 그 외에는 사람들의 입을 막는 수고를 사서 하지는 않았다.

"하지만 왜 이렇게 전쟁이 끊이지 않는 거람. 신기하다니까."

"젊은 귀족 자제들이 출세하려고 해서 그래. 사관학교 나와서 두세 번 전장에 얼굴을 비치면 금방 제독 각하가 되거든."

사실이라는 고기에 악의라는 반죽을 묻혀 독설의 튀김이 완성되었다.

"그 꼴이 보기 싫다면 방법은 두 가지가 있지. 직접 출세하거나, 자유행성동맹인지 하는 공화주의자들 나라로 도망치거나."

병사들은 입을 다물었다. 수색 담당 오퍼레이터가 목소리를 높여 적함이 다가옴을 알렸기 때문이다. 앞서 보낸 무인정찰기에서 영상이 전송되었던 것이다.

영상이 명확해질 때까지는 상당한 수고와 시간이 필요했다. 마침내 함교 정면 스크린에 영상이 보정 투영되자 라인하르트와 키르히아이스를 제외한 함교 요원 전체가 술렁거렸다. 출현한 인공 광점 수가 그들의 예상을 훨씬 웃돌았던 것이다.

4만…… 아니, 5만 척 이상. 광점을 계산해 보고하는 오퍼레이터의 목소리마저 창백했다. 그것은 그들의 눈앞에 새로운 은하계가 출현한 것처럼 압도적인 양감이었다. 이것이 5년 내지 10년에 한 번 있는 심각한 대규모 공세라는 사실을 그들은 피부로 느꼈다. 라인하르트마저 백옥 같은 뺨에 피가 쏠리는 것을 억누를 수 없었다.

라인하르트의 보고를 받은 제국군 수뇌부도 전기를 띤 공기에 휩싸인 것 같았다.

5만 척이 넘는 대동원은 최근 2, 3년 동안 본 적이 없었다. 동맹군의 결의를 보여주는 것 같았다.

"금발 애송이가 지레 겁을 먹고 적의 수를 과대포장한 건 아니겠지?"

그런 악의에 찬 의문도, 라인하르트의 보고가 옳음을 증명하는 다른 함정의 보고가 속속 도착함에 따라 이제는 아무도 귀를 기울이지 않았다.

일개 소령인 라인하르트가 참석할 수 없는 작전회의가 열리고, 세 시간에 걸친 밀실 토의 끝에 1만 3000척을 헤아리는 주둔함대가 출격하여 적군과 맞서 싸우게 되었다. 새삼스레 비판하는 사람은 없었지만, 고작해야 그 정도 결정을 내리는 데 무려 세 시간을 허비한 것이다.

"어떤 과정으로 결정됐는지는 안 봐도 뻔해. 분명 요새 사령부와 주둔함대 사령부가 어른스럽지 못하게 뿔을 맞대고 씨근덕거렸을걸."

라인하르트의 상상은 정확했다.

당시 이제르론 요새 사령관은 클라이스트 대장, 요새 주둔함대 사령관은 바르텐베르크 대장이었다. 같은 장소에 동격 사령관이 두 사람 있으면 99.9퍼센트의 확률로 사이가 틀어지게 마련인데, 이 두 사람은 압도적 다수파에 속했다. 이틀 안으로 5만 척의 대군이 쇄도한다는데, 두 엄숙한 군인은 정면의 적보다도 옆의 아군과 다투는 데 열심이었다.

"공화주의자들 함대 정도야 토르 하며 일격이면 순식간에 섬멸할 수 있소만, 그것도 영 품격이 떨어지는 일이 아니겠소? 충용한 주둔함대 동포 제형에게도 능력을 발휘할 무대를 드리고 싶구려."

클라이스트 대장이 한 말은 나가서 싸워보라는 소리였다.

"적 함대의 수는 5만 척 전후로 추정되는 반면 우리 주둔함대는 1만 3000척에 이르지 못하오. 전력비는 1 대 4이거늘, 어찌 호각으로 싸울 수 있겠소?"

바르텐베르크 대장의 반론은 이미 반쯤 고함에 가까웠으나, 끊임없이 시비를 거는 듯한 클라이스트 대장의 발언보다는 훨씬 이치에 맞는 것 같았다. 하지만 클라이스트 대장이 보기에는, 단단한 요새 안에만 처박혀 있을 거라면 주둔함대는 무엇 때문에 놓아둔 것인가 싶었다. 마침내 두 대장의 부하들까지 나서 발언하기 시작하자 눈 깜짝할 사이에 회의실의 공기가 끓어올랐다.

"닥쳐라! 패색이 짙어지면 다시 도망쳐 들어오면 된다고 어설픈 생각이나 하는 이 월급 도둑들!"

"어디서 그런 망발을 늘어놓나! 경들이야말로 안전한 굴에 틀어박혀 전쟁놀이나 하는 **두더지**가 아니던가!"

그나마 논지라고 불러줄 만한 것을 내세운 회의는 여기까지였고, 그 후로는 무시무시한 욕설의 응수가 이어졌다. 전우애라고는 찾으려야 찾아볼 수 없었다. 그래도 마지막에는 두 사령관이 씁쓸한 얼굴로 나서 중재했다. 형식적으로 부하들에게 폭언을 사죄케 한 후, 전통에 따른 작전안으로 타협을 본 것이다. 동맹군의 수뇌부가 통찰했듯, 주둔함대가 출격해 '토르 하머'의 사정거리 내로 적군을 끌어들이자는 내용이었다.

"자유행성동맹인지 뭔지 하는 공화주의자들이 어떻게 생각하는지는 몰라도, 이 회랑은 두 세력의 음습한 에너지가 흘러들어선 충돌하는, 그런 자장磁場을 띤 건 아닐까?"

　구축함 에름란트 II호의 발진 준비를 갖춰놓고 무기와 병력을 확인하며 라인하르트는 키르히아이스에게 말했다. 이 소년은 거대한 전투를 앞두고도 공포와는 무관한 표정이었다.

　"아무튼 적과 아군의 용병을 감상할 좋은 기회야."

　금발 소년은 신랄하고도 화려한 웃음소리를 냈다. 만약 이 전투에서 이제르론이 함락당한다면 언젠가 자신의 손으로 탈환하리라 생각했다. 적이 강하고 아군이 약하면 그의 앞에는 그만큼 넓은 길이 열리는 셈이었다.

　그러나 라인하르트를 언짢게 하는 사태가 발생했다. 크룸바흐 헌병소령이 에름란트 II호에 동승시켜 달라고 요구하고 나섰던 것이다.

　"라인하르트 님, 조심하십시오. 그 헌병소령은 기회를 봐 라인하르트 님을 해칠지도 모릅니다…… 헬더 대령처럼."

　"두말할 필요도 없지, 키르히아이스. 하지만 거절하면 쓸데없는 풍파를 일으킬 테고, 놈에게도 구실을 줄 거야."

　"라인하르트 님 혼자만의 몸이 아니니……."

　"알아, 키르히아이스. 하지만 어차피 내가 내 등을 볼 수는 없잖아?"

　한쪽 눈을 찡긋한 라인하르트는 나긋나긋한 손가락을 뻗어 벗의 곱슬곱슬한 붉은 머리카락 한 움큼을 손가락으로 꼬았다.

　"그러니 네가 내 등을 봐 줘야지. 그 편이 차라리 나아. 나는 나 자신보다도 너를 더 믿으니까."

　라인하르트는 웃었다. 다른 이에게는, 특히 대귀족들에게는 보여준 적이 없는 천진난만하고 투명한 웃음이 누이 안네로제의 웃음과 겹쳐 키르히아이스는 한순간 넋을 잃었다. 다른 이들이야 어떻게 생각하건, 어떻든 붉은 머리 소년에게 금발 소년은 그 무엇과도 바꿀 수 없는 천사임이 분명했다.

'하지만 라인하르트 님의 손은 전 우주를 거머쥐기 위한 것인데, 실제로 지휘하는 것은 겨우 구축함 한 척. 그것도 등 뒤에 헌병의 눈이 번뜩이고 있다. 이 사람을 도울 수 있는 것은 나뿐이다. 안네로제 님과 나눈 약속을 지키기 위해서라도.'

기분 좋은 감정이 온몸을 휘감았다.

5월 6일 2시 50분. 은하제국 이제르론 요새 주둔함대는 요새에서 3.6 광초, 108만 킬로미터의 거리를 두고 회랑 내에 포진했다. 좌우 양익을 펼쳐 약간 호를 이루는 진형은 평범하기는 했지만, 좁은 터널형 회랑 안에서는 유연성만 확보한다면 꽤 응용범위가 넓었다.

6시 정각, 전방에서 인공 광점이 무리를 짓기 시작했다. 그 숫자가 병사들의 동요를 자아냈다.

"말도 안 돼. 저렇게 많은 적과 정면으로 맞붙겠다고?"

병사들은 속삭이기 시작했으며, 불안과 불만의 시선을 나누었다. 어차피 요새 전면으로 적을 끌어들이기 위한 출격이란 것은 알지만, 전력 차이가 이 정도라면 이쪽의 의도가 성공하기도 전에 호되게 두들겨 맞을 가능성이 있지 않을까.

에름란트 II호는 좌익 부대 한구석에 보잘것없는 존재감을 드러냈다. 라인하르트는 물론 미끼가 되어 허무하게 죽거나 요새 주포의 들러리가 될 생각은 조금도 없었다. 그는 이제 겨우 날개를 한 번 퍼덕였을 뿐, 목적지는 아직 멀고도 멀었다.

6시 45분. 제국군이 먼저 포문을 열고 10만 가닥에 이르는 광선의 화살로 허공을 찢었다. 반순간의 차이를 두고 40만 가닥에 이르는 광선이 반대 방향에서 날아들었다. 무음 속에 도처에서 폭발광이 탄생하고, 솟구치는 유실 에너지의 탁류가 에름란트Ⅱ호를 뒤흔들었다. 새로운 폭발광, 그리고 새로운 광선. 매 순간마다 전투는 격렬해졌다.

동맹군은 숫자를 믿고 병렬전진했다. 제국군에게는 그렇게 보였다. 4대 1의 병력 차이가 있으니, 양익을 뻗어 반포위태세를 취하는 것도 시간문제이리라. 사령관 바르텐베르크 대장은 후퇴해서 적을 '토르 하머'의 사정거리로 끌어들일 타이밍을 가늠해야만 했다.

구축함 에름란트Ⅱ호는 나선형 항적을 그리며 전투공역을 누볐다. 적의 포격선을 피하고 쓸데없는 화포의 응수를 회피하며 라인하르트는 사냥감을 노렸다. 정보처리능력이 있는 미사일의 숫자로 보더라도, 레이저포의 출력으로 보더라도, 구축함으로는 할 수 있는 일이 별로 없다. 효과적으로 사용하지 않는다면 위기에 빠졌을 때는 대항수단도 없이 도망치기 바쁠 것이다.

"거대 전함 한 척 정도는 파괴해보시지? 이리저리 쏘다니지만 말고."

조롱하는 크룸바흐 소령의 목소리에 돌아본 라인하르트는 상대의 얼굴 위로 푸른 얼음빛 시선을 쏘았다. 헌병소령이 그 안광에 한순간 움츠러들었다. 그는 거의 모든 사람들과 마찬가지로 라인하르트의 자질을 경시했으나, 이때는 그 기분에 균열이 일어나는 것을 느꼈다. 물론 라인하르트가 스크린을 다시 쳐다보자 균열도 사라지고 말았지만.

라인하르트는 사냥감을 발견했다. 에름란트Ⅱ호보다도 훨씬 큰 순항함이었다. 이젠 초청받지 않은 관전자 따위는 염두에도 두지 않고 라인하르트는 잇달아 지시를 내렸다. 처음부터 에름란트 II호는 적함 왼쪽 위 후방의 매우 유리한 위치를 점했지만, 신속한 계산으로 먼저 기뢰를 사출한 후, 마찬가지로 계산에 계산을 거듭한 광선 공격으로 순항함을 기뢰 쪽으로 몰아넣었다. 때문에 광선은 오히려 적의 센서들을 무력화할 용도로 쓰여, 언뜻 보기엔 필요 없을 정도로 많은 에너지를 뿌렸다. 그리고 결정타로 마련한 것은 적의 회피행동을 계산한 주포 일제사격이었다.

순항함은 에름란트 II호의 레이저포 일제사격을 회피했다. 회피한 곳에는 기뢰가 있었다. 순항함은 상대속도 10만 킬로미터로 알아서 네 개의 기뢰를 향해 뛰어들었다.

폭발은 완벽했다. 한순간 방출된 에너지의 파도에 에름란트 II호가 크게 요동쳤다. 백광의 마지막 파도가 흩어지자 남은 것은 허무의 공간뿐이었다.

1척 격침. 라인하르트는 손가락을 딱 울렸으나 소리가 잘 나지 않아 멋쩍게 웃었다. 일단은 구축함에 걸맞은 무훈을 세운 것이다.

양측 거대전함에는 조그만 함정들이 달라붙어 마치 은가루의 꼬리를 끄는 혜성처럼 보였다. 멀리서 혹은 가까이에서 불덩어리와 섬광이 암흑의 널빤지에 구멍을 뚫고, 함교 스크린은 점멸하며 소용돌이치는 빛에 점령당했다. 양측을 합쳐 6만 척을 넘는 함정의 상호 파괴가 이미 두 시간 가까이 이어지고 있었다.

스크린을 통해 전황을 관찰하던 라인하르트가 고개를 한 번 끄덕이곤 키르히아이스에게 말을 걸었다. 8시 20분이었다.

"키르히아이스, 후퇴하자."

"예. 하지만 사령부에서는 후퇴 명령이 아직 나오지 않았습니다."

"금방 나올 거야."

단언한 후, 헌병소령의 귀를 피해 목소리를 낮추었다.

"사령부가 저능아들이 아니라면."

그러나 크룸바흐 소령에게는 들린 부분만으로도 충분했다. 대놓고 사람을 얕잡아보는 표정으로 되물었다.

"왜 금방 후퇴 명령이 나올 거라 생각하나, 뮈젤 소령?"

라인하르트가 발끈한 것은 질문의 내용 그 자체와 헌병소령의 어조 양쪽 때문이었을 것이다. 그는 한 호흡을 고른 후 날카롭게 내뱉었다.

"네 배의 적을 상대로 더 이상 전투를 계속하는 것은 무의미합니다. 원래 함대결전이 목적이 아니었으니까요. 경은 그 정도도 모르시는지?"

헌병소령의 얼굴이 악의로 일그러졌다.

"뮈젤 소령의 전략적 식견이 상당한 모양이로군. 함대 사령부에서 나올 명령을 앞질러 후퇴를 결단할 정도로 전황을 잘 보다니."

"……."

"혹시 적을 유인할 아군의 기본 삭선에도 독자적인 의견이 있는 것은 아닌가?"

"아무렴."

키르히아이스가 표정으로 저지했으나 라인하르트는 이미 입을 열고 말았다. 열여섯 살의 인내심은 이미 한계에 이르렀다. 크룸바흐의 얼굴이 더더욱 일그러졌다.

"하! 그럼 우둔한 소관에게 부디 한 수 지도해 줄 수 있겠나? 일개 소령이 대장급의 작전안을 능가하는 식견을 갖추다니."

"천한 말버릇 집어치우시지."

"……!"

"아군은 이미 네 차례 반복해 같은 작전을 사용했다."

"그래서?"

소령의 목소리는 노기를 머금고 부풀었다.

"내가 적의 사령관이라면 이를 역이용할걸. 상대의 후퇴에 파고드는 식으로 급속 전진해 피아의 함렬을 뒤섞어놓는 거지. 혹시 아시나? 병렬추격이라는 개념인데."

"……."

"쌍방 함렬이 뒤섞이면 요새는 토르 하머를 발사할 수가 없다. 적과 함께 아군까지도 박살 낼 테니까. 동맹군은 그런 상태를 만드는 데서 유일한 승산을 발견했을 거다."

"그래서?"

소령은 되풀이했으나, 표정은 약간 달라졌다.

"아군이 이를 막을 방법은 중앙돌파 및 배면전개의 2단계 작전밖에 없다. 원추진형으로 적의 중앙을 돌파하고, 돌파를 마친 후에는 좌우로 함렬을 펼친다. 그리고 한 장의 벽이 되어 적을 토르 하머의 사정거리로 밀어붙여야 한다."

라인하르트의 설명을 들으며 헌병소령이 머릿속으로 도형을 그리는 데는 5초 정도가 필요했다.

"그렇군, 훌륭한 작전이야. 탁상공론치고는 말일세. 그러나 적이 그 방법에 놀아나지 않는다면 어쩌나?"

"구체적으로 말해 보시지. 이를테면 어떻게 반응한다는 말인가?"

크룸바흐 소령은 즉시 대답하지는 못했다. 그는 헌병이지 전선 전투 지휘관이 아니었다.

"……어디 보자. 이를테면 적군은 숫자가 많으니, 전열의 양익을 펼쳐 아군을 반포위할지도 모르지."

"논할 가치도 없군. 적의 의도가 요새 공략인데, 요새에 등을 돌리고 함대만 반포위하는 것이 무슨 의미가 있나? 만약 요새에 여분의 함대가 있다면 앞뒤로 협공을 당할 텐데. 그 가능성이 있는 이상 적도 아군 함대에만 매달릴 수는 없을 것이다."

"적을 요새 방면으로 밀어붙인다 해도, 요새와 주둔함대 사이가 분단될 가능성도 있을 텐데."

"그것도 논할 가치가 없다. 아군이 분단될 것은 분명하지만, 동시에 적군 또한 본국과의 연결로가 끊어지겠지. 그렇게 됐을 때 적이 본국으로 돌아가려 한다면 우리는 길을 열어 적을 보내준 후 그들 대부분이 통과했을 때 배후를 치면 그만이다. 아군을 거의 잃지 않고 적에게 손실을 입힐 수 있다."

"……"

"반대로 적이 이제르론 요새 공략을 고집할 때는 피하면 그만이다. 토르 하머의 먹이가 될 테고, 이쪽으로 도망친다면 받아쳐 궤멸할 수 있을 것이다."

"경은 그저 책상머리에서 떠들어대고 있을 뿐, 실제로 그렇게 잘 돌아가리라는 법은 없을 텐데."

"물론 잘 돌아가지 않을 수도 있지. 하지만 수수방관하며 적이 병행추격 작전을 마음껏 구사하도록 내버려두는 것보다는 파국에서 훨씬 멀어질 수 있지 않을까? 이대로 두면 최악의 전개가 기다리고 있을 뿐이야!"

"그럼 왜 그 사실을 사령부에 전하지 않나?"

"이미 진언했다. 부하는 제안하고 직언하는 거다. 그걸 받아들일지 말지는 상사의 그릇에 달렸지."

라인하르트가 처음으로 보여준 미소는 헌병소장에게는 눈부실 정도로 빛났다. 그는 다시 움츠러들었다. 그것을 자각했을 때 새로운 증오가 치밀었다.

겨우 열여섯 살의 소년에게 논파당했다는 것을 헌병소령은 믿을 수 없었다. 라인하르트가 피로한 작전안은 치밀한 두뇌와 대담한 정신의 완벽한 화합물처럼 보였다. 이놈은 그저 건방진 애송이가 아니라는 확신이 급속히 독기를 머금었다.

그의 시선 너머에서 라인하르트는 등을 돌리고 스크린을 바라보았다. 소령의 뺨에는 키르히아이스의 시선이 꽂혀 있었다.

"후퇴한다."

"후퇴한다."

같은 말이 양측 지휘관의 입에서 나온 것은 8시 50분이었다. 슬금슬금 싸우며 후퇴하던 제국군이 예상대로 빠른 도주에 들어간 순간, 동맹군의 시톨레 대장이 지령을 내렸다.

"전 함대 급속 전진! 적의 꽁무니에 매달려라!"

몇 분 후, 바르텐베르크 대장을 비롯한 제국군 수뇌부는 아연실색해 숨을 들이켰다. 후퇴하는 아군의 두 배는 되는 속도로 적군이 전진하고 육박한 끝에, 단숨에 접근전 양상이 펼쳐진 것이었다.

라인하르트는 계산이 틀어져 낭패하는 사령부 참모들의 얼굴을 머릿속으로 그려보았다. 아무리 그래도 조소를 보낼 마음은 들지 않았다. 단숨에 전선이 교차하고, 전황은 난전으로 빠졌다. 에름란트 II호의 좌우에서 불덩어리가 나타나고, 크룸바흐 헌병소령은 망막에 무시무시한 빛줄기의 작렬을 새기며 자신도 모르게 고개를 움츠렸다. 라인하르트가 슬쩍 어깨 너머로 냉소 어린 시선을 보냈다. 책상머리에서 떠들어댔던 것은 크룸바흐였던 모양이었다. 그는 언제나 헌병이었으며, 심문과 고문과 수사 경험은 있어도 전선근무 경험은 없었다.

라인하르트의 냉소는 크룸바흐의 어두운 감정을 다시금 자극했다.

요새 중앙지령실의 분위기는 처음에는 여유로 가득했다. 아군의 전면 후퇴는 예정을 따른 것이기 때문이다.

"열심히들 내빼는군. 토르 하머, 준비됐나?"

"준비 완료!"

그 대답에 갑자기 곤혹 어린 침묵이 이어졌다. 스크린에 솟아난 광점의 숫자가 아군의 숫자를 대폭으로 넘어섰기 때문이었다. 적과 아군 사이에 있어야 할 거리가 없었다. 포술장은 발사명령을 내리지 못하고 멍하니 서 있었다.

동맹군 제4함대 사령관 그린힐 중장이 외쳤다.

"좋아, 이대로 밀어붙여라. 이대로 난전 상태를 유지하며 요새까지 육박하라!"

오가는 빛줄기 속에서 적과 아군이 한데 얽힌 채 요새 주포 사정거리 안으로 밀려들었다. 낭패할 수밖에 없었던 것은 이제로론 요새 측이었다. 적과 아군이 뒤섞인 이상 '토르 하머'를 쏠 수가 없다. 그야말로 동맹군 수뇌부가 생각한 대로였다.

요새 사령관 클라이스트 대장도 판단을 어떻게 내려야 좋을지 망설였다. 항만 진입로를 열고 아군 함정을 수용하도록 명령했을 때, 이미 그의 눈앞 스크린에는 종횡무진으로 오가는 빔과 미사일, 폭발해 터져 나가는 적과 아군의 함정이 비쳤다. 맥동하는 폭발광이 지령실 바닥과 벽면에 진하고 어두운 줄무늬를 그렸으며, 사람들의 얼굴을 실제 얼굴색보다도 더 창백하게 물들였다.

요새의 유도파에 동조한 에름란트 II호가 항만으로 진입하기 시작하자 크룸바흐 소령은 식은땀을 닦고 안도의 한숨을 내쉬었다.

토르 하머의 사정거리 내 공간에서는 전선도 함렬도 존재하지 않는 난전이 전개되었다. 한발만 늦었더라면 에름란트 II호도 그 소용돌이에 휘말렸을 것이다. 두꺼운 요새 방어벽의 보호를 받은 에름란트 II호의 승무원들은 생환의 기쁨을 실감하며 이렇게 속삭였다.

"금발 꼬마가 제법인데?"

부하의 생명을 소홀히 하는 상관이 경애를 받는 법은 없다. 하지만 금발 소년은 부하를 개죽음시키지 않았던 것이다.

동맹군의 포화는 이제르론 외벽에 타격을 주지는 못했지만, 제국군 함정을 업화 속에 처넣을 수는 있었다. 요새 중앙지령실 스크린은 수많은 적에게 포위공격을 받아 불덩어리로 변하는 제국군 함정의 모습을 비추었다. 적함을 쏘려면 아군함이 포구 앞을 가로막았다.

"알짱대지 말고 비켜, 이 쓸모없는 것들아!"

짜증을 내며 요새 포수들이 욕설을 퍼부었다. 이렇게나 무자비한 비판도 드물 것이다. 바르텐베르크 대장은 필사적으로 혼전에 대응하는 한편 아군 함정을 요새 안으로 귀환시키느라 진땀을 뺐다.

기함에서 동맹군 총사령관 시톨레 대장은 단단한 가슴을 의연히 폈다.

"토르 하머 없는 이제르론 요새는 덩치만 큰 달팽이에 불과하다. 이번에야말로 불명예스러운 기록을 뒤엎을 때다!"

요새의 주위는 양측의 함정과 작렬하는 에너지로 포화상태에 빠져들었다.

이 위험성은 동맹군도 알고 있었다. 그러나 이 무질서한 혼전의 소용돌이야말로 그들에게는 얼마 안 되는 승리의 가능성을 길러낼 모태였다. 한번 양측이 떨어져 함렬과 진형을 재편한다면 그것은 토르 하머의 일방적인 학살로 이어질 것이다.

따라서 동맹군은 혼란을 확대하는 한편, 그 혼란 속에서 요새 내부에 침입할 방법을 찾아야만 했다.

그러나 물론 이제르론 요새에 갖추어진 무기는 토르 하머만이 아니었다. 레일 캐논, 하전입자 광선포, 레이저포 등의 포탑과 총좌가 합계 1만 문을 넘는다. 이런 무기들이 각 지휘관의 지령에 따라 동맹군에게 각개격파외 포화를 퍼부었다.

함정 숫자만으로는 4 대 1의 차이가 있지만 제국군은 이러한 화력 엄호 덕에 간신히 호각의 전투를 유지했으며, 혼전은 한동안 이어질 것 같았다.

불줄기의 분류는 요새에서 허공으로만 날아가지 않았다. 그와 같거나 더 많은 물질과 에너지가 이제르론 요새 외벽을 향해 쏟아졌다.

폭발광이 이제르론을 포위하고 죽음과 파괴가 그물을 이루었다. 반파되어 제어기능을 잃은 작은 함정이 외각에 충돌하거나 충돌 직전에 포격받아 폭발했다. 의외의 전투 전개에 분노한 이제르론 요새가 온몸으로 폭죽을 터뜨리는 것처럼 보였다.

제국력 483년, 우주력 792년만큼 동맹군의 용맹한 송곳니가 이제르론 요새의 외벽에 가까이 육박하여 제국군을 전율케 한 적은 없었다. 에너지 폭풍이 외벽 위에 소용돌이쳐 포탑과 총좌 다수를 파괴했으며, 파편이 허공에 춤추다가 부근의 함정에 손상을 입혔다.

제국군의 단좌식 전투정, X자 날개를 가진 발퀴레와 동맹의 스파르타니안 사이에서도 처절한 도그파이트가 펼쳐지고 있었다. 전투정 파일럿들이 개인전투의 예술가임을 자청하는 자들인 만큼 요새 상공 도처에서 일대일 전투가 벌어졌다. 지금도 스파르타니안 한 대가 적을 장사 지내는 참이었다.

그 순간 단일 목표를 향해 여러 대의 총좌가 불줄기를 토해냈으며 스파르타니안은 불덩어리로 변해 사방으로 흩어졌다. 다른 스파르타니안이 그 틈으로 파고들어 보복의 광선을 총좌 중 하나에 꽂아 하얗고 조그만 불의 꽃을 외각 위에 피웠다. 일격이탈을 꾀해 상승하려던 스파르타니안의 옆에서 발퀴레가 달려들고, 스파르타니안은 이를 회피하지 못했다.

발퀴레와 스파르타니안은 한데 얽혀 추력을 잃고, 어떻게 보면 우아한 호선을 그리며 포탑 중 하나에 격돌했다. 붉은색과 오렌지색과 흰색을 띤 불꽃이 사방으로 튀는 그림물감처럼 보였다.

요새지령실 스크린 앞에서 클라이스트 대장이 이를 갈았다.

"스파르타니안 한 대에 포탑을 하나씩 잃어서야 적자도 이만저만이 아닙니다. 바르텐베르크 자식, 어떻게든 머리를 좀 쥐어짜낼 수 없는 건가?"

동맹군은 이 난전상태를 유지하고 요새 측 장병들의 심신을 소모시킨

다음 기지를 발휘해 승패를 결정짓기를 바랐다.

"어떤가, 양 소령? 아군이 꽤 잘해 주고 있지 않나?"

시톨레 대장이 곁에 있던 젊은 부관에게 물었다.

"예, 지금은요……."

"그럼 가까운 장래엔 어떻겠나?"

"저는 비관적입니다."

"흠?"

"요새 사령부에서 아군과 함께 토르 하머를 쏘겠다는 결심을 한다면 그것으로 끝장이니까요. 아마 그들은 아군 하나로 적 넷을 파괴한다는 계산을 세워 자신들을 정당화할 것입니다."

양은 베레모를 고쳐 썼다.

"다시 말해 네 배의 숫자가 오히려 불리함으로 이어진다는 모순이 성립하는 셈이지요."

시톨레 대장이 느긋하게 웃었다.

"나도 자네와 같은 생각을 했네. 그래서 작전참모들에게 다소 과격한 작전을 고안케 한 것이지. 광선과 미사일로는 영 끝이 안 날 것 같았거든."

"무인함을 쓴다는 그 작전 말씀이군요."

흑발의 젊은 소령이 보여준 반응은 약간 소극적이었으나, 시톨레 대장은 또 다른 부관에게 무인함 돌입작전을 실시할 테니 준비하라는 명령을 전달시켰다.

양은 고개를 가로젓더니 군인이라기보다는 자연관찰자 같은 시선으로 포화와 폭발광에 요사스럽게 물든 이제르론 요새를 바라보았다.

"글쎄, 역효과가 되지 않는다면 좋으련만……."

라인하르트는 대기 명령을 받은 장소에서 사방 2미터 정도의 스크린을 통해 전황을 지켜보았다. 자신의 일은 끝났으니 유유히 구경이나 할까 생각했으나, 아군의 추태를 보니 감정이 격렬해졌다. 난공불락의 요새에 지나치게 의존한 나머지 대응능력이 떨어지는 참상을 지켜볼 수가 없었다.

"뭣들 하는 거람."

"거기 화력을 집중해야지."

이런 혼잣말을 자꾸만 했다. 곁에 서 있던 키르히아이스는 걱정스럽게 시선을 다른 곳으로 돌리고 있었다. 귀환 직후부터 크룸바흐 헌병소령의 모습이 보이질 않았다.

"적함 돌입!"

비명이 터지고, 요새 중앙지령실 사람들이 모조리 일어났다. 탑을 연상케 하는 거함이 고속으로 요새에 달려들고 있는 것이다. 스크린이 하얗게 물들고 충격이 요새를 흔들었다.

함체가 폭발하면서, 함정에 탑재된 수십 기의 우라늄 238 미사일과 액체 헬륨이 그 뒤를 따랐다. 오렌지색 섬광이 작렬해 이제르론 요새의 외각 일부를 뜯어냈다.

사상 최초로 이제르론이 손상을 입은 것이다. 폭풍과도 같은 유출 기류에 휩쓸린 수백 명의 병사와 병기와 온갖 설비가 폭파된 부분을 통해 암흑의 허공으로 빨려 날아갔다.

비명과 노성이 통신회로를 메웠다.

"C4 블록 완파!"

"C7 블록 응답 무!"

"D2 블록 반파, 포기 허가를 요청합니다."

"제142 통로 사용 불능."

"제907 포탑 화재, 폭발 우려가 있음. 소화반 출동을 요청합니다."

"R9 블록 인원은 탈출을 준비하라. 15분 후 R11 블록에 집결할 것."

이러한 목소리를 누르고 다시 비명이 터졌다.

"적함 재돌입! 2척 동시!"

그 직후 외각 위에서 폭발이 잇달아 발생하고 조금 전보다도 더 큰 충격이 요새를 뒤흔들었다. 지령, 노성, 비명, 요청이 교차하는 가운데 한순간 전원이 끊어졌다. 금방 회복되긴 했지만 사람들의 동요는 컸다. 난공불락의 신화가 붕괴하기 직전인 것 같았다. 공기는 전기를 띤 듯 팽팽했으며, 그 자체가 폭발물로 변해 작렬하진 않을까 하는 착각마저 들었다. 그 안에서 클라이스트 대장의 갈라진 외침이 터져 나왔다.

"토르 하머 발사 준비!"

경악에 물든 목소리가 오갔다.

"하지만 각하, 그랬다가는 아군이!"

"상관없다! ……아, 아니, 어쩔 도리가 없다. 대의 앞에서는."

사령관의 창백한 얼굴 속에서 두 눈이 싸구려 네온처럼 무질서하게 빛났다.

"만일 이 요새가 공화주의자들의 수중에 떨어진다면 그것은 신성불가침한 은하제국 그 자체의 멸망으로 이어진다. 희생을 아낄 여유가 어디 있나!"

터져 나오는 고함의 파도 밑에서 본심이 조그맣게 새 나왔다.

"이 난공불락의 요새가 함락됐을 때 무능한 사령관으로 역사에 이름을 남길 수는 없지. 절대로."

사령관의 필사적이고도 이기적인 명령을 받아 포술장이 지령을 내렸다.

"토르 하머, 에너지 충전!"

그도 평소 티격태격하던 아군의 목숨보다는 사령관의 명령이 중요했다.

라인하르트는 이때 부하들과 함께 R11 블록에서 대기하고 있었다. 다른 함의 승무원들도 이 블록에 모여 무기를 들고 있었지만, 과연 어떤 명령이 내려질지, 본래의 직무에서 떨어진 채 불안을 금할 수 없었다.

그때 사람의 모습이 나타났다. 헌병 한 명을 대동한 크룸바흐 소령이었다.

"뮈젤 소령, 동행해주게. 매우…… 그래, 매우 중요한 용건일세."

"적이 공격하는 와중에?"

"그렇기 때문에 더욱 다행인 것일세. 경에게도."

시선을 키르히아이스에게 돌리더니 헌병소령은 싸늘하게 외쳤다.

"경은 올 필요 없다!"

라인하르트는 일어났다. 키르히아이스에게 고개를 끄덕이고 소령을 따라갔다. 라인하르트에게도 결판을 낼 마음은 있었다. 이것이 함정이라면 박살을 내 줄 것이다.

장병이 우왕좌왕하는 통로를 지나 도착한 곳은 이미 포기 명령이 떨어진 R9 블록이었다. 각지에서 화재가 발생하는지 엷고 짙은 연기가 피어올랐다. 바닥에는 온갖 코드가 잡다하게 흩어져 있었으며, 이곳의 복도는 회랑 구조였는데, 양쪽의 방책마저 파괴되어 30미터 정도 아래에서 불꽃이 혀를 날름거리는 것까지 그대로 보였다.

"이쯤이 좋겠군."

소령은 회랑 위에서 라인하르트를 향해 돌아서더니, 여유를 가장하고자 짐짓 웃음을 지었다. 라인하르트의 반응은 무뚝뚝했다.

"마음 놓고 이야기를 나누기에는 그리 좋은 환경이 아닌 것 같군. 경의 취향인가?"

"이야기를 나누겠다고 한 적은 없네만? 이곳에 온 이유는 작년 헬더 대령의 죽음에 경의 책임을 묻기 위해일세."

약간의 진동. 대형 미사일이라도 명중했던 것일까.

"증거도 재판도 없이, 경의 독단으로 말인가?"

"나는 전권을 위임받았다. 그래, 사건을 해석할 권한까지도."

"어떻게 해석했지?"

부서진 방책에 다가가지 않도록 주의하며 라인하르트는 질문했다. 키르히아이스가 올 때까지 시간을 끌 필요도 있었다.

"아무 짝에도 쓸모없는 헬더 대령이 경을 죽이려다 오히려 목숨을 잃었다. 단지 그거면 충분해."

바로 그랬다고 말하고 싶었지만, 물론 라인하르트는 입에 담지 않았다.

"그래서 이번에는 경이 온 건가?"

"그런 셈이랄까……. 안됐지만 경과 일심동체인 붉은 머리는 여기 없네. 놈이 뒤를 따라온다 해도 헌병이 매복했다가 놈을 공격할걸. 아까운 충신인데, 어쩔 수 없지."

"……내가 변사하면 당연히 경이 의심을 살걸."

"걱정하지 말게. 이미 변명도 다 생각해 뒀으니. 경이야말로 묘비에 뭐라고 새길지나 얼른 생각하게."

"그래? 그러면 '베네뮌데 후작부인의 부하에게 살해당하다.' 라고 새겨주겠나?"

"……뮈젤 소령, 경은 위험인물일세. 지금도 충분히 위험하지만, 경이 하루 오래 살면 아마도 골덴바움 왕조의 명맥이 하루 짧아지겠지."

라인하르트는 눈살을 가볍게 찡그렸다.

"이중으로 과대평가를 하는군. 나와 경 자신, 두 사람을."

"그럴지도 모르지. 그러나 여기서 경을 죽이는 것이 살려두는 것보다는 후회가 적지 않겠나?"

라인하르트는 뒤를 돌아보았다. 어느새 헌병 네 명이 더 나타나 그에게 블래스터를 겨누고 있었다. 라인하르트가 가볍게 고개를 가로젓자 황금색 머리카락이 물결쳤다.

"불공평하지 않나? 1 대 6이라니."

"불공평하기는 무슨. 나는 경과 결투를 하는 것이 아니야. 경을 처형하는 것이지. 블래스터 여섯 자루에 꿰뚫릴지, 30미터 아래로 몸을 던질지, 그것만은 경이 선택하게 해 주지."

그 무렵 '토르 하머'는 에너지 충전을 마쳤다. 그 사실을 포술장이 알리자 클라이스트 대장은 긴장으로 얼굴을 딱딱하게 굳히며 고개를 끄덕였다. 그는 시선을 스크린에 고정한 채 빛과 어둠이 교차하는 난전 양상을 노려보았다. 그의 결단을 재촉한 것은 네 번째 거함이 돌입한다는 오

퍼레이터의 비명이었다. 클라이스트 대장은 주박에서 풀려난 것처럼 손을 들었다.

"발사!"

암흑의 우주공간에 하얗게 빛나는 거대한 구멍이 뚫렸다. 적과 아군을 불문하고 모든 이의 시야를 흑백으로 물들이고 명암을 뒤집어놓을 듯한 무시무시한 광경이었다. 먼 거리에서 바라본 자만이 요새에서 발사한 허무와 실체를 꿰뚫는 거대한 빛의 기둥을 시인할 수 있었다. 그리고 그 순간, 1000척을 넘는 함정이 빛의 기둥에 직격당해 이 세상에서 사라졌다.

"······!"

수십만의 시선이 스크린에서 굳어버렸다.

몇 초의 침묵에 공포의 신음소리가 이어졌다. 이 순간 승패의 귀추가 일격에 결정되었다는 것을 모두가 이해한 것이다.

총성이 연속으로 터졌다. 그것이 급속히 다가오는 것을 듣고 라인하르트는 든든한 원군이 왔음을 깨달았다. 붉은 머리의 실루엣이 자동소총을 들고 뛰어왔다. 크룸바흐 일행의 얼굴에 낭패의 기척이 스쳤다.

"라인하르트 님!"

"키르히아이스!"

"다행입니다, 무사하셔서!"

말과 발사가 동시에 이루어졌다.

우라늄 238 총탄에 맞은 헌병의 몸이 안쪽부터 타올랐다. 절규를 터뜨리며 옆으로 구르고 불덩어리가 되어 바닥에서 발버둥 쳤다.

라인하르트는 바닥에 몸을 날려 여러 줄기의 광선을 피한 후 자신의 블래스터를 뽑아 한 명의 얼굴 한복판을 쏘았다. 또 한 사람이 키르히아이스의 자동소총에 가슴을 뚫려 비명의 꼬리를 끌고 30미터 아래로 떨어졌다.

R9 블록에서 아군끼리 2 대 6의 총격전이 펼쳐지는 동안, 이제로론 요새 밖에서는 '토르 하머'가 소리 없는 포효와 함께 만 단위의 살육과 파괴를 되풀이했다. 압도적인 힘 앞에 동맹군의 기책도 무릎을 꿇고 말았다. 파괴는 공황을 낳아, 단숨에 심리적 패퇴의 심연으로 떠밀린 동맹군은 지휘관들의 제지와 질타를 뿌리치고 토르 하머의 사정거리 밖으로 앞을 다투어 후퇴했다. 그러나 그것은 치명적인 포구 앞에 밀집하는 꼴이 되었다.

동맹군 사령관 시톨레 대장은 흑갈색 얼굴을 새하얗게 물들이고 스크린 앞에 서 있었으나 간신히 이성을 회복하고, 딱하다는 표정으로 그를 바라보는 부관에게 말했다.

"양 소령, 전군에 퇴각 명령을 내려주게. 나는 아무래도 불명예스러운 기록의 갱신에 공헌하고 만 모양일세……."

총격전은 종막으로 치달았다.

블래스터로 두 번째 헌병을 쏘아 쓰러뜨린 라인하르트는 크룸바흐 소령을 쫓아갔다. 그러나 두 번째 헌병은 가슴을 꿰뚫렸으면서도 아직 죽지 않았다. 라인하르트는 창졸간에 빈사의 사내에게 오른쪽 발목을 붙들렸다. 균형을 잃고 시야가 뒤집어지며 30미터 아래로 추락하려 했다. 힘차게 손이 뻗어 나와 라인하르트의 손목을 잡았다. 키르히아이스가 회랑 가장자리에 무릎을 꿇은 채 라인하르트가 떨어지려는 것을 잡아준 것이다. 금발 소년은 벗의 팔에 매달려 허공에 떴다.

"키르히아이스 중위, 그 손을 놓아라."

홀로 살아남은 헌병소령이 키르히아이스의 붉은 머리에 블래스터를 들이댔다.

"놓아라, 중위. 그러면 경을 섭섭하지 않게 대우해 주겠다. 베네뮌데 후작부인께 말씀드려 장래를 보장해줄 수도 있다. 자네의 사격실력은 매우 훌륭하더군."

"당신에게 칭찬을 받아도 전혀 기쁘지 않은걸."

"거절하겠다는 말인가?"

"물론이다. 개와 거래를 하는 자가 어디 있나."

언짢아진 헌병소령은 혀 차는 소리를 냈다.

"머리가 나쁜 놈이군. 그럼 손을 놓게 해주마."

키르히아이스를 사살하면 될 것을, 승리의 확신이 가학적인 감정을 자극했는지 헌병소령은 블래스터를 치켜들어 키르히아이스의 관자놀이를 내리쳤다. 둔중한 소리가 나고 피가 흩어졌다. 허공에 매달린 채 라인하르트는 벗이 비명을 억누르는 소리를 들었다. 이번에는 소령의 발길질이 날아가 키르히아이스의 옆구리에 꽂혔다. 키르히아이스는 고통에 몸을 뒤틀면서도 손을 놓으려 하지는 않았다.

"그만두지 못하겠나, 이 비겁자!"

작렬하는 외침이 라인하르트의 입에서 터져 나와 헌병소령의 얼굴을 때렸다. 분노와 증오의 안광이 소령을 헤집었다.

"키르히아이스에게 손대지 마라! 네놈의 임무는 날 죽이는 것일 텐데! 날 쏴라!"

"흥, 대단한 우정이로군."

빈정거렸지만 크룸바흐 소령의 얼굴에는 동요가 있었다. 그는 블래스터를 다시 들었다.

"좋아, 소원대로 죽여주마. 그 건방진 낯짝도 이제 지긋지긋하다."

그는 조준을 맞추려 했다. 그러나 그의 시야가 살짝 벗어난 순간 키르히아이스의 한쪽 발이 뛰어 올라 크룸바흐의 손목을 걸어찼다. 광선은 천장 방향으로 날아갔다. 노성이 터졌다. 소령의 한쪽 발이 이번에는 키르히아이스의 뒷머리를 걸어찼다. 라인하르트는 그 순간 한쪽 손을 회랑 가장자리에 걸쳐 마치 철봉 묘기를 하듯 몸을 위로 날렸다. 동시에 한쪽 손으로 바닥에 흩어진 코드 한 가닥을 붙잡아 블래스터를 다시 겨누려던 소령에게 던졌다.

검은 코드가 살아 있는 것처럼 헌병소령의 목에 감겼다.

"……!"

비명을 지르려는 크룸바흐의 배에 라인하르트의 왼발이 깊이 파묻혔다. 자신도 모르게 몸을 꺾었을 때, 턱에 스트레이트 펀치가 작렬했다. 이번엔 몸을 뒤로 젖혔고, 그 바람에 빙책 너머로 공중제비를 넘었다. 그는 30미터 아래의 통로로 떨어지지는 않았다. 목에 감긴 코드가 그의 몸을 붙들어 허공에 매단 것이다. 코드가 기관과 경동맥과 성대를 강하게 졸라댔다……

라인하르트는 교수형을 당한 크룸바흐에게는 눈길도 주지 않았다. 일어나려 해도 일어날 수 없는 키르히아이스의 장신을 어깨에 짊어지고는, 급속히 짙어져 가는 연기 속을 헤치고 블록 차폐문을 향해 걷기 시작했다.

　의식을 되찾은 키르히아이스는 붕대와 젤리 팜을 몸 여기저기에 감고 의무실 침대에 누워 있는 자신을 발견했다. 곁에선 황금색 빛이 살짝 흔들렸다. 의자에 앉은 라인하르트가 고개를 꾸벅거리고 있었다. 그것만으로도 키르히아이스는 모든 사정을 이해했다. 그가 행복한 기분에 살짝 몸을 뒤틀었을 때, 라인하르트가 눈을 떴다. 키르히아이스를 쳐다보는 눈동자는 야심가가 아니라 천사의 눈동자였다. 그 눈동자에 배어든 것은 눈물이 되기 직전 웃음으로 바뀌었다. 라인하르트의 백옥 같은 얼굴이 벗의 바로 곁까지 다가왔다.

　"키르히아이스, 넌 앞으로도 계속 내 곁에 있어 주겠지?"

　"예."

　"나보다 먼저 죽진 않겠지?"

　"예, 라인하르트 님."

　"약속했어. 잊으면 안 돼."

　라인하르트의 손가락이 붉은 머리카락을 꼬았다. 병실 스피커에서는 적의 총퇴각과 아군의 승리를 알리는 사령관의 목소리가 흘러나오고 있었지만 두 사람 모두 그런 것은 들리지 않았다.

　신제국력 483년 5월. 라인하르트와 키르히아이스는 열여섯 살이었다. 라인하르트가 고명한 백작가를 이어받아 라인하르트 폰 로엔그람이 되고 제국원수 칭호를 얻기까지는 아직 4년의 세월이 더 필요했다.

아침의 꿈, 밤의 노래

I

나선을 그리며 조심스레 다가오던 햇살이 탁 터지며 눈꺼풀 틈새로 아침이 침입했다.

라인하르트 폰 뮈젤은 길게 세 번, 짧게 세 번 눈을 깜빡여 머릿속의 밤을 몰아냈다. 아침은 청각부터 침략을 시작했다. 천장 한구석의 스피커가 소리를 질러댄 것이다.

"기상! 기상!! 기상!!!"

라인하르트는 크게 기지개를 켰다. 옆 침대에서는 붉은 머리의 지크프리트 키르히아이스가 눈을 비빈다. 이곳은 유년학교 기숙사 숙실이었다. 벽 너머 옆방에서 생도들이 일어나는 기척이 느껴졌다. 점호와 세면을 마치면 교정에 정렬해 군기게양식에 참석할 것이다.

라인하르트가 시간을 거슬러 올라간 것은 아니었다. 그가 유년학교를 졸업한 것은 2년 전이었으며, 지금은 헌병대에서 살인사건 수사 임무를 맡아 파견된 것이었다. 그리고 그날, 4월 28일은 피해자 칼 폰 라이파이젠의 장례식이 있는 날이기도 했다.

제국력 484년, 라인하르트 폰 뮈젤은 열일곱 살이며 계급은 대령이었다.

이후로도 딱히 다르지는 않았지만, 당시 라인하르트는 자연의 대기와 인공의 대기를 몇 달 주기로 번갈아 호흡했다. 바로 며칠 전까지는 이제르론 요새에 소령으로 착임해 처음에는 구축함을 지휘했으며, 이어서 중령으로 승진해 순항함의 함장이 되었다. 그사이 자유행성동맹군의 대공세도 경험했고, 그들이 패퇴하는 광경도 지켜보았다.

　나이에 비해 라인하르트의 계급은 매우 높았으며, 무훈은 많고, 거쳐온 부서의 숫자도 많았다. 인사이동이 있을 때마다 그의 계급과 임지는 늘 변동의 대상이 되었다. 이것은 군무성의 인사방침에 일관성이 부족해서이기도 하지만, 이동할 때마다 라인하르트가 무언가 공적을 세우고, 그러면 누이 안네로제와의 관계가 말없는 웅변을 발휘해 상사들이 승진을 추천하지 않을 수 없었으며, 승진은 거의 반드시 부서이동을 수반하는 도식이 성립한 것이다.

　나아가 좀 더 솔직하게 말하자면, 라인하르트는 상사들이 좋아할 만한 부하가 아니었다. 유능하고(누구나 마지못해 인정했다.) 건방진(누구나 기꺼이 인정했다.) 부하는 선례주의와 연공서열을 중시하는 상사들에게 미움을 받는 것이 자연스럽다. 하물며 그자가 황제 총희의 동생이라면! 자기 휘하에 있을 때 전사라도 했다가는 황제의 반쯤 말라비틀어진 손이 까딱 움직여 상사의 벼슬길은 파멸의 폭포로 이어질 것이다. 위험한 폭발물은 멀리하고 볼 일이다.

　이리하여 라인하르트는 평화를 바라는 상사들에게 차례차례 밀려났다. 그때마다 새로운 '희생자'가 나타나, 여러 가지 의미에서 성가신 부하를 거느리는 불운을 불평한 것은 두말할 나위도 없다.

　물론 라인하르트는 '위험한 폭발물'이었다. 평범한 상사들이 상상하는 것보다 훨씬 뜨거운 열기와 거대한 파괴력을 지녔으며, 나중에는 왕조를, 체제를, 문벌귀족들을 불태워 없앨 것이다. 이 사실을 모르는 자야말로 행운아라 해야 하리라.

　아무튼 제도 헌병본부 전속은 라인하르트에게 가장 실망스러운 부류에 속하는 인사이동이었다. 그는 우주의 심연 속에서 강대한 적을 상대로 무훈을 얻고 싶은데도, 황제와 정부의 권위를 약한 자들에게 과시하는 임무나 맡은 것이다.

얼마 전, 한 평민 노부인이 헌병대에 체포되었다. 세 아들 중 전사로 둘을, 전병사戰病死로 하나를 잃은 노파는 각 가정에 반드시 걸어놓아야 하는 황조 루돌프 대제와 현 황제 프리드리히 4세의 초상화를 벽에서 떼어 발로 짓밟으며 이렇게 외쳤던 것이다.

"기껏 낳은 아들 셋이 죄다 죽은 건 황제 폐하 덕입니다! 이것 말고는 폐하께 감사를 드릴 방법이 없군요!"

밀고한 자가 있어 노부인은 체포되었다. 헌병부총감은 직권을 이용해 자신의 두 아들을 후방근무로 빼돌린 자였지만 부하들에게는 이렇게 훈시했다.

"그 여자가 증오해야 할 대상은 반도인 공화주의자들인데도 감히 폐하를 원망하다니, 반국가적이면서도 비국민적인 망은忘恩 행위의 극치이다. 황실에 감사하고 국가에 봉사할 줄 모르는 자는 인간으로 대우할 가치도 없다. 대죄에 걸맞은 벌을 내려라!"

이것은 분명 고문과 그에 따른 죽음을 교사한 것이었다. 그 말을 들은 라인하르트는 격분했으나, 그의 권한에서도 담당에서도 벗어난 사건에 손을 쓸 수는 없었다.

그러나 헌병대 내부에 용감한 반역자가 있었던 모양이었다. 원래는 헌병이 아니라 함대 법무사관으로 연수를 받으러 우주함대 사령부에서 전속 나온 20대 후반의 청년장교로, 이름은 울리히 케슬러, 계급은 중령이었다. 그는 이 불쾌한 사건의 담당자 중 한 사람이 되자 노부인을 밀고한 사내에게 직접 찾아가, 공로자인 양 으스대는 밀고자를 체포해버렸다. 이유는 이러했다.

"노부인이 불경대죄를 저지르는 현장을 목격했으면서 이를 제지하지 않고 수수방관하다니, 신민의 도리에 어긋난 행위이다. 나중에 가서야 공로자인 양 밀고를 해봤자 그것은 자신의 죄를 감출 의도였을 뿐. 내심으로는 노부인에게 동조했기 때문에 폐하의 초상화가 짓밟히는 것을 방관했으리라. 공범에 속하는 행위이다. 이를 처벌하지 않는다면 불경죄를 법으로 규정한 정신을 지킬 수가 없다."

이리하여 밀고자는 그달 가계를 적자로 결산했다. 밀고 포상금을 웃도는 치료비를 지불해야 했기 때문이다. 반면 노부인은 구금과 심문을 받기는 했으나 폭력에 시달리지는 않았다. 헌병부총감이 불러내 힐문하자 케슬러는 대답했다.

"제정신이 박힌 인간이라면 어찌 감히 폐하의 초상화를 발로 짓밟는 만행을 저지를 수 있겠습니까? 광인을 심문해봤자 의미가 없습니다."

케슬러의 반항은 여기에서 그쳤다. 노부인이 혹한의 행성에 유배를 당하는 것도, 식사를 주지 않아 쇠약해져 죽게 한 것도 케슬러의 힘으로는 막을 수 없었던 것이다. 그래도 비열한 밀고자가 품성에 어울리는 벌을 받았으므로, 무력한 평민들은 조금이나마 가슴이 후련해졌다.

"그렇군. 저런 반항법도 있었어. 나도 본받아야겠는걸."

원래 라인하르트는 행동도 표현도 올곧은 것을 선호했으나 케슬러 중령의 수법은 수긍이 가는 면이 있었다. 그는 겨우 열일곱 살이었다. 거대한 재능에도 아직은 경험에서 비롯한 학습이 필요했다. 사실 키르히아이스도 타고난 기질은 라인하르트와 비슷했으나, 그는 벗의 날카로운 기백을 제어할 임무를 스스로 도맡았으므로 라인하르트보다는 신중하게 주위의 정세를 배려해야만 했다. 그런 만큼 케슬러에게 더욱 크게 공감했다.

라인하르트는 당연하게 여겼지만 인사이동 때마다 키르히아이스는 불안하기 그지없는 감정을 맛보았다. 행여나 라인하르트와 자신이 다른 부서에 배속되는 것은 아닐까 하는 우려가 있었다. 따라서 인사이동 때 키르히아이스가 관심을 기울인 것은 라인하르트와 같은 부서에 배속되었는가 아닌가였으며, 어느 부서에 배속될지는 둘째 문제였다.

아직까지 그의 불안이 실제로 이루어진 적은 없었으므로, 그는 부서에 불만이 많은 라인하르트를 달랠 여유가 생겼다. 물론 라인하르트가 키르히아이스와 다른 부서에 배속되어도 태연하다는 뜻은 아니다. 그는 그런 일이 일어나리라고는 상상도 하지 않았다.

아무튼 이번에도 키르히아이스는 라인하르트와 같은 부서에서 같은 임무에 착수했다. 라인하르트의 누이 안네로제의 손길이 미친 것이 분명했지만, 사실 라인하르트는 둘째 치더라도 키르히아이스의 존재는 군부에서 관여할 가치도 없기 때문에 허용한 조치일 것이다.

사실 라인하르트는 장교인 이상 부하를 대동해야 하며, 그 자리에 올릴 만한 사람이 있다면 두 사람을 세트로 움직이면 그만인 것이다. 키르히아이스는 이 사실을 자각했다. 그의 존재가치는 라인하르트와 안네로제에게만 인정받으면 그만이고, 군 수뇌에게는 전혀 무해한 존재로 있어야겠다고 생각했…… 아직까지는. 라인하르트가 완전한 인사권을 장악할 때까지는.

제도헌병본부가 유년학교에서 살인사건이 일어났다는 은밀한 제보를 받은 것은 그해 4월 26일이었다. 형사 수사 담당자들이 곧장 출동했으나, 거의 수확도 없이 철수해야 했다. 그러나 물론 방치해둘 수는 없었다.

유년학교에서 귀족 자제를 대상으로 범죄를 수사할 때는 경찰력 개입을 거의 자동으로 배제한다. 헌병이 수사하고, 전례성典禮省이 이 고발에 근거해 처단을 내릴 것이다. 경찰의 처지에서 보자면 매우 불쾌하겠지만, 골덴바움 왕조 은하제국은 원래 보편적인 법치하의 평등 따위와 무관한 사회였다.

피해자는 5학년 칼 폰 라이파이젠, 열다섯 살. 아침에 침대가 빈 것을 같은 방의 생도가 발견하고 전교를 뒤진 결과 식료창고에서 시체로 발견되었다. 선후책을 협의하느라 세 시간 정도를 허비한 후, 이 사건은 정오가 지났을 무렵에야 헌병대에 전해졌다. 사인死因은 무거운 물건에 얻어맞아 뇌저腦低 골절을 일으킨 것이었으나 흉기는 발견되지 않았다. 사실 창고는 밖에서 잠긴 상태였으므로 살인임을 시사하는 것은 흉기가 사라졌다는 사실뿐이었다.

그리고 라인하르트와 키르히아이스가 유년학교에 머물며 수사하도록 명령을 받은 것이었다.

"일주일 동안 경에게 전권을 위임한다. 그러나 뮈젤 대령, 헌병대에 인재가 없는 것은 아닐세. 사태가 경이 해결하기에 벅차다면 다른 사람과 교대해 줄 수도 있네."

그 어조에 성의는 부족하고 야유와 냉소가 넘쳐났음은 두말할 나위도 없다. 라인하르트는 도망치고 싶지 않았다. 마음에 안 드는 부서에서 맡은 마음에 안 드는 임무였지만, 이를 완수하지도 않고 꽁무니를 빼는 것은 그의 존재의의를 해치는 문제였다. 그러나 키르히아이스의 견해는 약간 달랐다.

"라인하르트 님, 굳이 놈들의 속 보이는 수작에 넘어가실 필요는 없습니다."

라인하르트가 만능일 필요는 없다. 구구한 형사사건을 잘 해결하는 능력보다는 대군을 원활히 움직이고 여러 장수들을 통솔하는 능력이 중요하지 않겠는가. 헌병본부의 의도는 노골적이었다. 라인하르트가 범인을 검거하지 못하면 수사능력이 부족하다는 그럴듯한 구실을 내세워 헌병본부에서 쫓아낼 심산인 것이다. 그렇다면 차라리 그러도록 놔두는 편이 낫지 않겠는가. 하지만 라인하르트는 키르히아이스에게 말했다.

"키르히아이스. 우린 한 번도 진 적이 없어. 상대가 누구든, 그 어떤 자든."

"예, 라인하르트 님."

"앞으로도 결코 지지 않을 거야."

"예, 라인하르트 님."

"……그러니까 눈앞의 적에게도 서서는 안 돼. 아무리 교활하고 악랄한 범인이라 해도."

다시 말해 라인하르트는 일주일 이내에 범인을 검거해 헌병대의 콧대를 꺾어주고 싶었던 것이다.

'정말 도망칠 줄 모르는 사람이구나.'

키르히아이스는 새삼 실감하고, 그의 의향에 따랐다. 그는 언제나 자신의 금발 천사가 생각하는 바를 받아들였다.

II

이튿날인 27일, 금발 소년과 붉은 머리 소년은 2년 전에 졸업한 모교를 방문했다.

"라인하르트 폰 뮈젤 대령님과 지크프리트 키르히아이스 대위님이시라고요?"

문 앞에 서서 위병 노릇을 하던 최하급생들은 당혹한 표정을 지었다. 유년학교 당국을 경유해 헌병대의 연락을 받기는 했지만, 대령과 대위라는 계급을 들으면 장년의 사내를 상상하는 것이 당연했다. 그들이 연락하자 우선 최상급생들이 뛰어나왔다.

이 최상급생들은 라인하르트와 키르히아이스를 알았다. 3년 정도는 함께 학교를 다녔기 때문이다. 라인하르트는 외모와 학업성적에서 하급생들이 보기에 지극히 화려한 존재였다. 상급생이라면 심사가 뒤틀릴 수밖에 없겠지만, 하급생들은 솔직하게 존경할 수 있다. 라인하르트는 원래 키르히아이스 외의 남에게는 마음을 열지 않고 고고함을 유지했으므로, 그는 멀리서 우러러보아야 하는 숭배의 대상이 되었다. 키르히아이스는 항상 라인하르트의 곁에 있다는 데서, 또한 자상함으로 인망을 얻었다.

"열일곱 살에 대령이라니…… 끝내준다."

하급생들이 속삭이는 작은 목소리가 미묘한 공기의 파동을 타고 라인하르트의 금발을 간질였다. 놀라움, 호기심, 의문, 감탄의 감정이 커피에 부은 우유처럼 띠를 이루며 맴돌았다. 그 무질서한 흐름 속을 헤치고

라인하르트와 키르히아이스는 교장실로 걸어 나갔다.

라인하르트 폰 뮈젤이라는 이름은 2년 전의 수석졸업생으로 많은 교사와 재학생의 기억회로에 각인되어 있었다. 졸업해 소위로 임관하고 2년 사이에 대령이 된 승진 속도는 유년학교 개교 이래의 기록이기도 했다. 그것은 과시해도 좋을 만했다. 그러나 이 화려한 졸업생을 이야기할 때 교사들의 어조가 명쾌하지 못한 이유는 라인하르트의 처지가 보편적이라고는 할 수 없었기 때문이다. 사실 그의 누이 안네로제는 황제 프리드리히 4세의 총비이며 백작부인이라는 칭호를 가진 몸이 아니던가.

"그뤼네발트 백작부인의 동생이라고? 그럼 출세하는 것도 당연하겠네."

그러한 수긍의 목소리가 라인하르트에게는 실망스러웠으며 불쾌하기도 했다. 이제 열일곱 살이 된 생생한 피부에 감성의 거스러미가 투영되면 이 미모의 소년에게서는 지극히 언짢은, 다가가기 힘든 인상이 드러났다. 외모가 단아한 만큼 내우주의 파국이 외견의 완벽함을 더더욱 크게 해치는 것이리라. 게다가 라인하르트는 아직 열일곱 살로, 감정이 이따금 이성의 제어를 벗어났다.

그 점은 키르히아이스도 마찬가지였으나, 뜨거운 물도 더 뜨거운 물과 비교하면 그냥 미지근한 물이 되는 것처럼, 그는 라인하르트보다 더 열심히 감정의 끓는점을 높이려 했다.

라인하르트는 항상 라인하르트였지만, 키르히아이스는 자각과 노력으로 키르히아이스가 된 것이다. 원래 스스로 자신을 형성하는 소질이 있기는 했지만 그것을 꽃피운 것은 본인의 의식이었으며, 여기에 반드시 필요한 촉매가 된 것이 '옆집 뮈젤 가문의 남매'였다.

유년학교 교장은 퇴역 직전의 늙은 장교로, 계급은 중장이었으며 이름은 게르하르트 폰 슈테거였다. 남작 작위가 있었다. 그는 라인하르트와 키르히아이스가 재학할 때는 부교장이었다. 군인답게 보이지도 않으며 교육자의 풍모도, 대귀족다운 거만함도 없었다. 시골 지방의 작은 지주 정도라 하면 딱 어울릴 만했으며, 언변에서도 힘찬 개성이 느껴지진 않았다.

"원래는 외부인을 교내에 들이는 것은 바람직하지 않네만, 사태가 중대하면서도 흉악하네. 상처 입은 명예를 회복하려면 공명정대하게 사건을 해명하여 불행한 생도의 넋을 달래는 수밖에 없지. 수사관이자 아울러 본교의 선배인 경들의 노력을 기대하겠네."

'그런 것치고는 신고가 늦었어.'

라인하르트는 그렇게 생각했지만 물론 생각을 입에 담아 언어로 바꾸지는 않았다. 교장은 그것이 버릇인지 머리카락에 비해 짙고 어두운 색조의 콧수염을 손가락 사이에 끼어 위아래로 움직이며 다소 종잡을 수 없는 의견을 제시했다. 제국군의 초석인 유년학교에서 살인을 저지르다니, 이는 필시 공화주의자라는 자들의 악랄한 파괴공작이 아니겠느냐고.

"그렇다면 공화주의자들은 시공을 초월하는 능력을 가졌나 보군요. 다음에는…… 군무성을 노릴지도 모르겠습니다."

사실은 '황궁'이라고 말하려다가 재빨리 말을 바꾼 라인하르트의 심리는 오로지 키르히아이스만이 알 수 있었다.

라인하르트가 종래의 질서감각에서는 도저히 허용될 수 없는 반역의 의사를 가졌다는 사실은 당사자와 키르히아이스만이 아는 것이었다. 라

159

인하르트를 누이의 위광을 빌려 어떻게든 윗사람에게 반항하고 분수에 어울리지 않는 출세를 꾀하는, 쉽게 말해 '건방진 애송이'라 보는 사람이 많았지만, 그의 본심이 판명된다면 이런 비방 정도로 넘어갈 수는 없으리라. 대역죄였다. 라인하르트와 키르히아이스는 처형당하고, 안네로제도 죽음을 면치 못할 것이다. 아무리 황제의 총비라 해도 왕조의 존속을 꾀하는 사회제도의 뜻은 황제 개인의 의지를 웃돈다. 라인하르트가 총비의 동생이 아니라 안네로제가 대역죄인의 누이가 되는 것이다. 주객이 전도된다. 대역죄인은 처자식, 부모, 때로는 형제와 친구에 이르기까지 죄를 연좌하는 것이 과거의 사례였으며, 이것만큼은 대귀족도 평민도 평등한 대우를 받았다.

시간 그 자체에 앙금이 끼었다. 흐르지 않는 물은 부패한다. 흐름을 일으키고자 물을 움직이려 하면 골덴바움 왕조와 제국 정부는 죽음과 폭력의 공포로 이를 가로막았으며, 그 결과 스스로 더더욱 부패했다.

사라진 옛것을 애석해하는 마음은 좋다. 그러나 옛것이라는 이유만으로 새로운 것을 압살하는 오물의 축적을 미화할 필요는 없지 않은가. 라인하르트의 맹세는 역사에서 이러한 오물을 일소하는 것이었다.

첫 출전 이래 라인하르트 뒤에는 항상 적대자의 긴 암회색 그림자가 드리워져 있었다. 날카로운 발톱이 그의 어깨와 등을 할퀸 것도 한두 번이 아니었다. 발톱의 소유자는 황궁 '노이에 상수시'의 허영과 특권의 미로에 도사렸으므로, 라인하르트는 아직까지 근본적인 반격을 가할 수가 없었다.

주위에 무능하고 시야 좁은 자가 많다는 데에 라인하르트는 불쾌함을 품었으나, 키르히아이스의 견해는 여기서도 약간 달랐다. 무능하고 시야 좁은 자가 많기 때문에 라인하르트는 그들을 발판 삼아 높은 곳으로 올라갈 수 있는 것이다. 통찰력과 상상력이 뛰어난 자가 라인하르트의 야심이 어딜 향하고 있는지를 간파한다면 그들 두 사람이 미래의 손을 잡을 길은 영원히 끊어지고 만다. 열일곱 살이라는 나이를 제하고 본다면 라인하르트는 고작해야 일개 대령일 뿐이며, 일개 개인의 성공치고는 이미 충분하고도 남았지만 타도해야 할 적의 거대함에 비하면 왜소하고도 무력한 존재였다.

라인하르트가 교장에게 되물었다.

"공화주의자들보다도, 이를테면 유년학교의 운영에 부정이 있었으며, 그걸 알았기 때문에 살해당했으리라고는 생각할 수 없습니까?"

키르히아이스는 흠칫했다. 몰개성한 교장의 얼굴이 완전히 험악해지기 직전에 라인하르트는 자신을 스스로 원호했다.

"예시입니다. 어디까지나 예시를 든 것뿐입니다, 교장 각하. 언짢으셨다면 경솔한 언행을 사과하겠습니다. 헌병대 같은 곳에 있으면 생각이 자꾸만 비뚤어지게 마련이라서요."

라인하르트는 정중하게 본심을 위장했다. 아직까지 무력한 반역자는 이따금 교도한 예임법전로 자신의 본질을 감추어야만 했다. 자신이 그 필요성을 충분히 안다고, 라인하르트는 생각했다. 그러나 키르히아이스가 보기에는 양털 밑에 뿔이 드러나 있었다. 그 시선은 키르히아이스가 후천적으로 얻은 것이었다. 그 뿔을 남에게 들키지 않기를 키르히아이스는 목소리를 내지 않고 온 힘을 다해 라인하르트에게 염원했다.

교장실 창문 너머로 들어오는 오후의 햇살이 따뜻했다.

계절은 늦봄이었다. 공기에는 다양한 꽃향기가 섞였으며, 바람은 사람의 피부에 아양 떤다. 창밖에 시선을 돌리자 짙고 옅은 다양한 녹음이 작렬하듯 힘차게 시야 전체를 점거하고 망막을 메웠다.

아름답고 생기에 가득 찬 계절이기는 하지만, 어딘가 미적지근한 느낌이라 라인하르트는 반드시 이 계절을 좋아하지만은 않았다. 그가 좋아하는 계절은 이른 봄날 아침, 맑은 초여름 오후, 쌀쌀한 늦가을, 그리고 초겨울이었다. 맑게 갠 날 저녁, 공기가 푸르고 투명해져 사람들을 바다 밑바닥으로 가라앉히고 밤이 패권을 쥐면 얼어붙은 별들이 지상으로 은빛 창을 내던진다. 내뱉는 숨결은 하얗게 빛을 반사한다. 피부가 긴장으로 팽팽해지고 오감이 연마되는 듯한 감촉에 온몸이 휩싸인다. 여기에는 늦봄과 같은 자연과 인간의 타협이 없다.

아무튼 라인하르트는 딱딱한 투명감을 가진 시간대를 좋아했다.

"……경이 필요하다고 생각하면 본교의 경리를 조사해도 좋네. 수상한 점이 나올 리는 없네만."

언짢음을 못다 감춘 교장이 말했다.

"언젠가 전장에 나가 함께 공화주의자들과 싸워야만 하는 생도들이 피차 의심을 품는다는 것은 불행한 일이지."

교장은 회색 숨결을 토해냈다. 그는 금발 젊은이와 붉은 머리 젊은이에게도 은사였다. 적어도 부당한 대우를 한 적은 없었다. 라인하르트는 다시 한번 무례를 사과하고 말했다.

"의심이라고 하셨습니다만, 살인이라고 공표한 것은 아니잖습니까?"

"소문은 빛보다도 빠르고 분자보다도 작은 법일세, 뮈젤 대령. 근절할 수는 없네."

라인하르트는 고개를 끄덕이고 '사고' 현장을 시찰하러 교장실을 떠났다. 교장은 생도들에게 증언을 청취하도록 허락하고 신뢰할 수 있는 생도를 보내겠노라 약속했다.

III

"여기가, 그러니까…… 불행한 사고가 일어난 현장입니다."

식료품 창고로 안내해준 것은 유년학교에 30년이나 봉직해 겨우 중위 자리를 '얻은' 사무원이었다. 계급이 하나밖에 다르지 않은 키르히아이스조차 그에게는 복종해야 할 상급자였으며, 대령인 라인하르트는 말 그대로 구름 위에 있는 사람이었다. 라인하르트 일행이 창고 조사를 재빠르게 마친 이유는 이제 와서 물증이 발견될 리가 없다는 것을 알기 때문이었지만, 어쩌면 사무원의 공손함이 답답해서 그랬던 것일지도 모른다.

창고를 나올 때 라인하르트는 사무원에게 물었다.

"교내에서는 이 사건을 두고 무슨 소문이 났나?"

사무원은 조심스레 대답했다.

"예, 누군가의 저주가 아닐까 하더군요."

"저주?!"

"예, 수십 년 전에 사고로 죽은 생도의 유령이 짝을 찾는다느니, 라이파이젠이 악마숭배자들의 집회를 목격했기 때문에 살해당한 것이라느니, 그런 소문입니다."

"귀중한 의견을 들려주어 고맙네."

쓴웃음을 감추며 라인하르트는 초로의 사무원과 헤어졌다.

"설마 저주란 말이 나올 줄은 몰랐습니다."

"괴담과 학교는 쌍둥이니까. 괴담 없는 학교는 없잖아. 저주 정도는 있을지도 모르지."

온갖 교실, 계단 그림자, 복도 구석, 문 너머에는 반드시 인간이 아닌 것이 서식한다. 그것은 우주의 암흑미궁에 도사린 채 우주선을 한입에 삼키려는 괴물과 똑같은 공포였다. 동굴 속에 조그만 불을 피워 바깥세상의 두껍고 깊은 어둠에 간신히 대항하던 원시인의 기억이 인간의 세포핵에서 완전히 제거되지 않는 한, 인류는 어둠의 존재 그 자체에 공포의 의미를 부여할 것이다. 이를 경멸할 수는 있어도 무시할 수는 없다. 라인하르트도 키르히아이스도, 이불과 시트로 만든 요새에 틀어박혀 잠을 이루지 못한 채 밤의 어둠 앞에 자신들이 왜소하다고 느낀 적이 있다. 그것이 겨우 몇 년 전의 일이었다.

그렇다고는 하나, 지금은 어둠 너머에 도사린 초자연적인 존재가 유년학교의 생도를 해쳤다는 생각은 배제해야 했다.

학교 본부, 제1에서 제3에 이르는 각 교사校舍, 체육관, 도서관, 연병장을 겸한 경기장, 사격훈련장······. 라인하르트와 키르히아이스는 온 교내를 돌아다녔다. 한곳에 머무르기보다는 돌아다니는 편이 대화를 도청당할 가능성도 적을 것이다.

유년학교는 부지의 넓이도 그렇고 설비도 그렇고, 같은 또래 소년들을 교육하는 다른 학교와는 비교도 되지 않았다. 사관학교에 버금가는 은하제국 군국주의 교육의 중추이니 그것도 당연하지만, 라인하르트의 푸른 얼음빛 안광으로 꿰뚫어보면 내용의 충실도가 외견에 미치지 못했다.

"노후해지고 있는 거야."

설비만이 아니다. 교사진이 그러했으며, 그에 따라 교풍에서도 퇴보의 그림자가 짙어졌다. 무언가를 창조한다는 것이 중시되지 않았다. 규칙이나 습관만을 무작정 따르고, 오래된 것과 옳은 것을 동일시하며, 변화란 질서를 문란케 하는 것으로 간주했다.

물론, 이유야 어쨌거나 변화가 없는 광경이 그리움을 일으키는 것은 사실이었다.

"도서관도 바뀌지 않았군요."

"저 홀 안쪽에서 상급생들과 싸움을 했지. 2 대 4로."

유년학교 시절 라인하르트는 충분하고도 넘칠 정도로 호전적이었다. 그 전에도 그 후로도 마찬가지였지만, 그는 하급생에게 폭력을 휘두른 적도, 다수로 소수를 억압한 적도 없었다. 항상 그 반대였다. 영혼의 존엄에 깊이 얽힌 다짐이었다.

"저 분수에는 누님을 험담하던 상급생을 처박아 주었고."

시선 닿는 곳곳마다 그런 추억이 잠든 채 그들의 기억에 닿아 깨어나기를 기다리고 있었다.

"옛 전장이로군요, 여긴. 라인하르트 님의 무훈이 새겨지지 않은 곳이 없는걸요."

"남의 일처럼 말하기는. 너도 늘 같이 있었잖아."

라인하르트는 낮고 음악적인 웃음소리를 냈다. 그것이 또 새로운 회상을 환기해 소년은 화려한 금발을 손으로 쓸어 올렸다.

"여길 졸업한 지 아직 2년밖에 지나지 않았지만, 네가 없었더라면 난 이미 대여섯 번은 명계의 문을 드나들었을걸."

솔직한 감사의 표현은 기분 좋았지만 어떻게 반응해야 좋을지 약간 난처해진 키르히아이스는 능숙하지 못한 농담으로 얼버무렸다.

"그거 아세요? 라인하르트 님은 명계로 가는 차표는 있어도 문을 지나갈 입장권은 안 가지고 계시거든요. 그래서 아무리 위험에 처해도 죽지 않는 거예요."

"어라, 그건 몰랐는걸. 우주의 법칙이 나를 편애하다니."

라인하르트는 다시 한번 웃더니 걸음을 늦추었다. 건물들을 빠져나가 넓은 잔디 운동장 앞으로 나섰다. 살짝 땀이 배어 나온 피부가 그들의 발을 느릅나무 거목 밑으로 옮겼다.

나무 그늘에 앉아, 들고 온 자료를 다시 한번 펼쳤다. 피해자의 학업 성적은 학년 10위에서 50위 전후였다. 우수하기는 하지만 매우 뛰어나다고 할 정도는 아니었다. 키르히아이스가 이런 존재였다. 사격에서만 수석이었을 뿐이다. 유년학교 고과표에는 '보좌로서의 신뢰성' 같은 항목은 없었으며, 작전입안도 시뮬레이션으로만 했다.

"성적을 시기해 죽인 것도 아닌 모양이군요. 하지만 왜 식료품 창고에 있었던 걸까요?"

"사실 생도가 한밤중에 식료품 창고를 출입할 수 있었다는 것부터 이상하지 않아?"

물론 논할 필요도 없는 일이었다. 라인하르트 자신도 목격자가 없을 때는 지킬 필요성이 없는 교칙을 어긴 적이 한두 번이 아니었다. 군기軍旗에 경례할 때 두 발을 벌리는 각도를 지키라느니, 교사에게 고개를 숙일 때 마음속으로 감사의 말을 올리라느니 하는, 독립된 인격을 가진 사람이라면 어이가 없어질 만큼 어리석은 교칙들이 있다.

오랜만에 다시 경험하는 유년학교의 식사는 향수를 불러일으키기는 했으나 맛은 좋지 못했다. 호밀빵, 소시지, 치즈, 채소 수프, 감자에 우유를 끼얹은 것 등이 잡다하게 나와, 양은 그럭저럭 만족할 수 있어도 맛은 빈곤하기 그지없었다. 재학 당시 라인하르트와 키르히아이스는 이따금 설교를 들은 일이 있었다.

"영양가는 충분히 고려했다. 군무로 국가에 봉사하려는 자가 좋은 식사를 찾고 맛을 불평하는 것은 나약함의 극치이다."

남을 지배하고 지도하는 자가 고자세로 소박함을 강요할 때, 자기 자신도 이를 준수한 사례는 존재하지 않는다. 비만은 태만의 증명이라면서 국민의 식사 내용까지 간섭했던 루돌프 대제가, 정작 자신은 미식과 폭음 끝에 만년에 통풍에 시달렸던 사실이 있다. 루돌프의 입장에서 보자면 **자기가** 먹을 것을 평민들이 마구 먹어치우는 것이 불쾌했으리라. 윗물이 맑아야 아랫물이 맑은 법이다. 전임, 다시 말해 라인하르트와 키르히아이스가 재학했을 당시의 교장은 개인실에 포도주와 캐비어를 감추어 놓았는데, 지금 교장인 슈테거는 과연 어떨까. 아무튼 식료품 창고에 생도가 들어가는 것은 교칙 이전의 문제일 텐데…….

라인하르트의 시선 끝에 에메랄드 가루를 뿌려놓은 듯한 잔디가 펼쳐졌다. 생도들이 축구를 하고 있었다. 라인하르트와 키르히아이스는 운동장이 내려다보이는 잔디 경사면에 나란히 앉았다. 붉은색과 노란색 체육복이 한데 뒤섞였으며, 모였다가는 흩어지고 교차하는 광경이 갑자기 사람의 그림자에 가로막혔다. 최상급생인지, 매우 키가 크고 갈색 머리를 한 소년이 라인하르트와 키르히아이스의 앞에 직립부동 자세로 서서 경례했다.

"안녕하십니까. 저는 최상급생 모리츠 폰 하제라고 합니다. 교장 각하의 명령으로 뮈젤 대령님의 수사에 협조하기 위해 찾아왔습니다."

"아, 수고가 많군. 거기 앉아."

"아닙니다. 대령님 앞에서 앉을 수는 없습니다. 부디 이대로 질문해 주시기 바랍니다."

딱딱하다기보다는 교육과 교칙을 기계적으로 따르는 것 같았지만, 라인하르트는 그 점을 굳이 언급하진 않았다.

"그럼 곧장 질문으로 들어가지. 죽은 라이파이젠의 평가는 어땠나?"

"잘 모르겠습니다."

"딱히 누군가와 사이가 나빴다거나 하는 일은 없었나?"

"모르겠습니다."

이래서야 협조의 의미가 없다. 하제는 물론 라인하르트에게 비협조적으로 반항하려던 것은 아니었다. 그저 타인의 인간관계에 관심이 없는 모양이었다. 숫자나 자료에 더 현실감각을 느끼는 타입의 수재일지도 모른다. 라인하르트가 혀를 차기 직전의 표정으로 입을 다무는 바람에 키르히아이스가 대신 질문했다.

"그럼 반대로, 그와 친했던 사람은?"

"저입니다."

"그래? 그럼 네가 보기에 라이파이젠은 어떤 사람이었지?"

하제가 무슨 말인지 모르겠다는 표정을 짓자, 키르히아이스는 다시 말했다.

"이를테면 남이 자신의 성적을 앞질렀을 때는 태연했는가, 아니면 고민했는가."

"그리고 보면 마음에 두는 편이었습니다."

"외벌外罰 경향이 있었는가. 다시 말해 자신의 실패나 부진을 남의 탓으로 돌릴 때가 있었는가."

"예, 그런 면도 분명히 있었던 것 같습니다."

"친구인데도 별로 감싸주질 않는군."

"솔직하게 말씀드리는 것이 협조하는 일이라 생각해서⋯⋯."

열기 없는 어조는 키르히아이스도 조금 거슬렸다. 이 생도는 자신이 아는 것이나 믿는 것보다도 상대가 바라는 이야기를 해 주려는 것 같았다.

하제의 등 뒤 운동장에서 소란스러운 소리가 들려왔다. 어깨 너머로 돌아보는 그에게 시야가 가로막힌 라인하르트가 물었다.

"어느 쪽이 득점했나?"

"노랗지 않은 쪽입니다."

하제가 대답했다. 붉은 체육복의 무리가 환성을 지르며 서로 끌어안는 것이 보였다. 키르히아이스는 잠시 하제의 얼굴을 쳐다보았지만, 아무 말도 하지 않았다. 라인하르트는 손을 휘저어 그를 돌려보냈다.

"아무 짝에도 쓸모가 없는 놈이군."

무시당했다는 기분에 라인하르트의 목소리에는 불만이 깃들었다.

"흉기도 나오지 않았으니까요. 어떻게 살해하고 어떻게 흉기를 처리했을까요?"

"우선 범인의 동기를 생각해 보자, 키르히아이스. 하기야 그래봤자 결국 동기는 한 가지로 정리할 수 있겠지만. 너도 뭔지 알지?"

"자신의 이익을 지키는 것 아닙니까?"

이럴 때 키르히아이스는 확실하게 단언할 필요 없이 라인하르트에게 사고를 검토할 재료를 제공하면 그만이었다. 금발 소년은 풍성한 앞머리와 함께 고개를 위아래로 끄덕였다.

"그래. 전쟁과 마찬가지야. 적극적으로 승리를 얻느냐, 꽁무니를 빼고 현재 상황을 지키며 손실을 멈추느냐. 공격적 동기와 방어적 동기지."

쓸데없이 끼어들지 않고 키르히아이스는 귀를 기울였다.

"그리고 또 한 가지. 복수적 동기란 것을 생각해 볼 필요가 있을지도 모르지. 넓은 의미에서는 방어적 동기에 해당되지만……."

라인하르트는 말을 끊고 한순간 생각에 잠기더니 가볍게 혀 차는 소리를 울렸다.

"헌병본부에서 수사에 우리를 보낸 이유를 알겠어, 키르히아이스."

"뭐죠?"

"범인을 방심하게 하려는 거야."

"아하……."

키르히아이스는 고개를 끄덕였다.

10대인 라인하르트와 키르히아이스가 수사에 파견되었다는 것을 알고 교장 슈테거 중장은 화를 냈다고 한다. 헌병대가 사건을 진지하게 해결할 마음이 없다고 생각했기 때문이다. 라인하르트와 키르히아이스가 찾아왔을 때는 내색하지 않았지만…….

'범인이 방심해 마각을 드러내 주면 좋으련만, 과연 어떻게 될지.'

IV

이리하여 살인 피해자 칼 폰 라이파이젠의 장례식 날인 4월 28일이

왔다. 식은 로이힐린 묘지에서 치러졌다. 아직 해가 질 시각은 아니었으나, 두꺼운 구름이 자신의 하중을 주체하지 못한 듯 낮게 깔려 시각적으로는 시계 바늘을 두 시간 정도 뒤로, 피부감각으로는 날짜를 한 달 정도 앞으로 옮겨놓은 것 같았다. 참석한 사람들의 절반 정도는 귀가한 후 감기약을 먹어야 할지도 모른다.

"……불행한 사고로 인해 얼마나 상심이 크실지……."

작은 목소리로 올리는 인사가 정보통제의 효과를 웅변으로 증명해주었다.

날씨와 마찬가지로 식은 무겁게 진행되었으며, 학우 대표가 조사弔詞를 낭독했다. 학년 수석 모리츠 폰 하제가 그 역할을 맡았으며, 나무랄 데 없는 문장을 나무랄 데 없는 태도로 읽었다. 다시 말해 다 들은 순간 잊어버릴 것처럼 몰개성한 조사였지만, 아무튼 실수 없이 임무를 마친 학년수석이 고인의 아버지와 악수를 나누었을 때는 상복을 입은 여성들이 일제히 흐느껴 우는 소리를 냈다. 형식미의 극치라 해야 할까.

식이 진행되는 동안 라인하르트는 피해자의 부친에게 다가갔다.

"무어라 위로의 말씀을 드려야 할지 모르겠습니다, 라이파이젠 대령님."

라인하르트보다 서른 살이나 많으며 계급은 같은 퇴역 직전의 장교는 이미 교장에게 내밀히 사정을 들었기 때문에 라인하르트가 제도헌병본부에서 파견한 수사관이란 것을 알았다. 독실해 보이는 부친은 고뇌에 시달린 얼굴로 예의 바르게 금발 소년의 인사를 받았다.

"수고가 많습니다. 부디 범인을 색출해 상응하는 형벌을 내려주기 바랍니다."

"물론입니다. 최선을 다해 아드님의 원수를 갚겠습니다."

라인하르트는 거짓 없이 말했지만, 동정받아 마땅한 이 부친에게 아들의 죽음이 살인임을 누설하지 않도록 직무상 다짐을 받아놓을 필요도 있었다. 라이파이젠 대령이 결연히 대답했다.

"물론입니다. 제국군과 유년학교의 명예가 걸린 일이니까요."

그 말을 들은 라인하르트는 자신의 처지에도, 부친의 고분고분함에도 짜증이 났다. 지배당하는 자가 이렇게 종순하니 지배자가 오만에 빠지고 통치에서 긴장감을 잃는 것이 아닌가.

그 자리를 떠나서 라인하르트가 이런 생각을 중얼거리자, 키르히아이스는 미소를 지으며 그의 노기를 받아주었다.

"라인하르트 님의 말씀은 정론이지만, 이럴 때 그런 말씀은 좀 잔혹한걸요."

라인하르트는 멋쩍었는지 황금색 머리카락을 살짝 쓸어 올렸다.

"맞아, 그 사람 잘못은 아니지. 5세기에 걸쳐 정신구조를 노예로, 아니, 가축으로 만들어놓았으니까. 그 사람은 희생자야. 책망해서는 안 되겠어."

자신은 결코 희생을 감수하지 않겠노라 내심 맹세를 다지던 라인하르트는, 문득 키르히아이스가 다른 곳을 보고 있음을 알아차렸다. 그의 시선을 따라가니 그곳에는 학년수석 하제의 모습이 있었다. 라인하르트의 말없는 질문을 눈치 챈 키르히아이스가 대답했다.

"네, 무언가가 마음에 걸리는군요. 다만 그게 무엇인지는 모르겠습니다. 어금니에 양상추가 낀 것 같은 기분이랄까……."

"그거 정말 불쾌하겠는걸."

양상추를 싫어하는 라인하르트는 남의 일이라고는 생각할 수 없는 표정을 지었다.

"하지만 기한은 일주일뿐이니, 당분간은 수사에 전념하자. 장례식 때문에 시간을 뺏기기는 했지만, 설마 이런 일이 연속으로 일어나지는 않겠지."

그러나 라인하르트의 예상은 수억 분의 1 확률로 빗나갔다. 유년학교에 돌아간 그의 앞으로 지클린데 황후 은사병원에서 비디오 메일 한 통이 도착했던 것이다. 그 내용에는 동석한 키르히아이스도 한순간 아연실색했다.

『……제국기사 세바스티안 폰 뮈젤 씨는 제국력 484년 4월 28일 19시 40분, 본원 특별병동에서 돌아가셨습니다. 사인은 간경변증이며, 본원은 뮈젤 씨의 회복에 최선을 다했으나 입원 당시에는 이미 손을 쓸 수 없을 정도로 늦은 상태였습니다.』

아버지의 부고를 알리는 화면을 라인하르트는 무감정하게 지켜보았다. 병원은 아버지의 죽음에 당사자의 건강관리상 책임이 크다는 것을 강조할 생각이었겠지만, 라인하르트는 별 의미를 느끼지 못했다. 말없이 굳은 그의 어깨에 무언가가 살짝 닿았다. 라인하르트는 어깨에 놓인 벗의 손을 자신의 손바닥으로 가볍게 두드렸다.

"걱정 마, 키르히아이스. 장례식은 확실하게 치를 거니까. 안 그러면 누님께 야단을 맞거든."

웃으려던 라인하르트는 그 노력을 중간에 포기하고 불쾌한 기억을 곱씹는 표정을 지었다.

라인하르트가 아버지를 증오한다는 사실을 키르히아이스는 잘 안다.

그 증오는 결코 단순하지 않았으나, 토대만은 누가 보더라도 명백했다. 7년 전, 그의 누이 안네로제가 황제의 후궁으로 끌려갔을 때, 아버지 세바스티안은 50만 제국마르크의 지참금을 받았던 것이다. 그것은 두꺼운 화장으로 치장한 인신매매 대금이었다. 라인하르트는 누이를 판 사람과 산 사람을 모두 증오했다. 그들은 신분을 넘어선 공범이었으며, 이를 정당하게 보는 사회체제는, 아울러 이를 떠받치는 의식은 라인하르트가 타도해야 할 대상이 되었다.

4월 30일에 치러진 제국기사 세바스티안 폰 뮈젤의 장례식은 조촐했다. 죽은 당사자보다도 그의 딸에게 경의 내지는 아첨을 표하며 적잖은 수의 사람들이 참석했으나, 진심으로 애통해한 사람은 아마 단 한 명밖에 없을 것이다.

14년 전에 죽은 클라리벨 폰 뮈젤 부인의 곁에 남편의 관이 묻혔다. 호화롭지는 않다 해도 격조 있고 넉넉한 묘소는 안네로제가 산 것이었다. 설마 아들의 적개심을 비꼬기 위해서는 아니겠지만, 부친은 지참금으로 받은 돈을 모조리 탕진하고 유형자산으로 남기지 않았다.

검은 옷을 입고 베일 속에 표정을 감춘 안네로제 곁에 선 라인하르트는 허공을 향해 얼어붙은 시선을 던지고 있었다. 키르히아이스가 안네로제와 인사를 나눌 수 있었던 것은 식이 끝난 후였다.

"안네로제 님, 궁정에서 무슨 일이 일어난다면 부디 라인하르트 님이나 제게 말씀해 주십시오. 조금이나마 마음이 편해지실지도 모르니⋯⋯."

"고맙구나, 지크."

살짝 떨리는 목소리가 키르히아이스의 마음에 스며들었다.

"정말로 고마워……."

그 목소리는 비교할 수도 없는 잡음에 가로막혔다.

"그뤼네발트 백작부인, 실로 애통한 날이지만, 오늘 밤에는 꼭 가극 관람에 동행하시라는 폐하의 말씀이 있었습니다. 공연 시작은 7시이므로 그만 귀가 준비를 하셔야겠습니다."

그랬다. 안네로제는 황제 프리드리히 4세의 총비이며, 그뤼네발트 백작부인이다. 일개 대위에 불과한 키르히아이스와의 사이에는 먼 거리와 높은 낙차가 있으며, 눈앞을 가로막고 선 궁내성 관리의 무리를 보며 이를 다시 한번 깨달아야만 했다. 갈 데 없는 마음이 골덴바움 왕조 그 자체를 증오하는 심정으로 수렴하며 더욱 깊어졌다. 키르히아이스는 궁내성 관리들에게 에워싸여 검은색 랜드카로 향하는 안네로제의 모습을 통해 자신의 마음을 다시 한번 확인했다.

생전의 세바스티안 폰 뮈젤이 남작위 수여를 사절했다는 말을 들은 적이 있다. 단순한 소문이었으며 진위는 알 수 없으나, 만약 사실이라면 그것은 딸을 권세가에 팔아넘긴 아버지가 책임감을 느꼈기 때문이었을까, 아니면 마지막 자기변호였을까. 키르히아이스는 알 수 없었다. 반면 그가 남작 작위를 신청했다가 기각당했다는 소문도 있었다. 라인하르트는 아마도 이쪽을 더 믿을 것이다.

키르히아이스는 라인하르트와 안네로제의 아버지를 대부분 후각에 의존해 기억했다. 세바스티안 폰 뮈젤이라는 자에게선 24시간 알코올 냄새가 맴돌았다. 적어도 키르히아이스의 머릿속 화면에는 거의 예외 없이 취객의 모습으로 녹화되어 있었다. 그는 술에 정신을 맡기고 이렇게 중얼거렸는지도 모른다.

"딸을 황제나 대귀족에게 팔아치운 애비는 나뿐만이 아니라 수천 명은 더 있잖아. 그런데 왜 라인하르트 자식은 나만 뭐라고 하는 거야?"

그러나 그것도 당연한 노릇이다. 세바스티안과 같은 자는 수천 명도 더 되지만, 라인하르트의 아버지는 세바스티안 한 사람이며, 라인하르트의 누이를 황제에게 팔아치운 것도 한 사람이었다. 그러니 세바스티안은 다른 그 누구도 아닌 라인하르트의 어두운 감정을 받아들여야만 했다.

키르히아이스는 어깨를 압박하는 힘을 느꼈다. 시선을 향할 것도 없이 황금색 머리카락과 황금색 분노를 느낄 수 있었다. 강탈한 자와 강탈당한 자가 이렇게나 명확히 나뉘리라고는 상상도 못 했다.

"라인하르트 님."

키르히아이스는 그 말밖에 할 수 없었다. 그러나 금발 소년은 벗의 어깨를 잡은 채, 겨우 푸른 얼음빛 눈동자에 미소를 지었다.

라인하르트의 단아한 입술이 얼어붙은 용암을 허공으로 토해냈다.

"아무튼…… 이제 누님도 나도, 절반은 해방된 셈이구나. 나머지 절반은 우리 힘으로 해방하는 거야. 반드시 그러자, 키르히아이스!"

V

세바스티안 폰 뮈젤의 장례식을 마친 두 사람이 랜드카를 타고 유년학교로 돌아오던 도중, 하늘은 귀부인 행세를 그만두고 돌연 역정을 냈다. 지평선에서 비구름이 밀려 올라오고 바람이 폐의 기능을 한껏 개방하는가 싶더니, 차창으로 빗방울의 대군이 몰려들었다. 랜드카는 금세 조그만 물의 허들을 걷어차며 달렸다.

봄철 폭풍은 짧기는 했으나 온화하지는 않았다. 천체 운행의 법칙 앞에 숨을 죽이고 정숙을 강요당했던 자연이 다가올 부활의 날을 위해 열정 한 조각을 내던진 것처럼 보였다. 라인하르트는 그것을 느낄 수 있었다. 자신이 그러했으니까.

유년학교에 도착하자 더더욱 강력한 폭풍이 그들을 기다리고 있었다. 두 번째 살인사건이 일어났던 것이다. 살해당한 것은 역시 최상급생이었으며, 요한 고트호르프 폰 베르츠라고 했다. 학년차석을 차지한, 하제에 버금가는 수재였다.

"내 코앞에서 대놓고 사건을 저질렀어."

무시당한 데 분노를 드러내며 라인하르트는 주먹으로 벽을 쳤다. 기묘한 일이지만 키르히아이스는 어렴풋한 안도감을 느꼈다. 이 분노는 지향점을 찾아낸, 엄연히 출구가 있는 분노였기 때문이다.

"범인은 라인하르트 님께서 자리를 비운 틈을 타 제2의 범행을 저지른 겁니다. 누가 되었어도 막을 수는 없었을 겁니다."

"하지만 어쨌거나 범행을 막지 못한 건 내 책임이지."

살인현장인 세면실은 온통 타일로 덮여 있었다. 천장과 벽은 크림색, 바닥은 녹색이었다. 벽과 바닥에 피가 튀었지만 벽에 붙은 피는 깨끗하게 닦아내 거의 흔적조차 보이지 않는데, 바닥의 피는 어정쩡하게 닦다 말았다. 게다가 피가 묻지 않은 부분의 바닥까지 닦아낸 흔적이 엿보였다. 언뜻 비논리적으로 보이는 이 정황을 어떻게 해석해야 좋을까.

"경이 수사를 맡았으면서도 제2의 사고를 방지하지 못하다니, 실로 애석하군."

교장실에서, 슈테거 교장은 조용한 독기를 담아 애젊은 금발의 대령을 노려보았다. 라인하르트는 항변하지 않았다. 가장 큰 책임은 교장에게 있을 터이며, 라인하르트가 장례식에 참석한 동안 교내에 있었던 헌병도 책임을 분담해야 할 것이다. 그러나 생각을 입 밖에 내지는 않고 눈동자에 푸른 얼음빛 베일을 쳤다.

"개인적으로도 유감일세. 베르츠는 내게 무언가 비밀리에 상담할 것이 있다고 했네. 지금 생각해 보면 그가 범인을 알거나 범행을 목격했고, 그 사실을 내게 알려 주려다 화를 당한 것은 아닐지."

"정말 그럴지도 모르겠습니다. 그런데 왜 그 사실을 소관에게 말씀해 주시지 않았습니까?"

"지금 생각해 보니 그랬다는 말일세. 그때는 예상도 못 했거든. 게다가 경에게는 달리 큰일이 있지 않았나."

반론도 못한 채 라인하르트는 교장실에서 퇴실했다. 범인을 검거하지 않는 한 마음대로 혀를 움직일 수도 없는 처지였다.

그건 그렇다 쳐도, 범인은 왜 녹색 타일에 튄 피를 모조리 닦아내지 않았던 것일까. 시간이 없었나? 인기척을 느꼈기 때문에 그럴 여유가 없었던 것일까? 단순히 범인의 실수일지도 모르지만, 실수를 낳은 모태가 될 만한 특별한 사정이 있었던 것은 아닐까?

지금은 이 논리적 모순이 돌파구가 될지도 모른다. 처음 라이파이젠이 죽었을 때는 증거가 전혀 없었던 만큼 두 번째 살인에서 수사의 돌파구를 발견할 수밖에 없는 것이다.

이튿날 아침, 라인하르트는 본부에서 파견한 5, 6명의 헌병부사관들에게 보고를 받은 후, 연속된 사건에 불안의 안개가 드리워진 교내를 걸으며 한구석에 자리한 휴게실에 들어갔다가 15분 정도 후에 나왔다.

배정받은 방으로 돌아가니 키르히아이스가 기다리고 있었다.

"요전에 무엇이 마음에 걸렸는지 겨우 깨달았습니다, 라인하르트 님."

다섯 종류의 체육복을 테이블 위에 늘어놓으며 키르히아이스가 말했다. 노란색, 붉은색, 푸른색, 녹색, 검은색 다섯 종류의 옷이 테이블에 커다란 꽃을 피웠다. 최상급생 학년수석 모리츠 폰 하제가 축구장 앞에서 그들에게 했던 말이 키르히아이스의 마음에 조그만 불협화음을 자아냈던 것이다.

"그때 모리츠 폰 하제는 득점을 한 것이 '노란 체육복이 아니다.'라고 했습니다."

"붉은 쪽이라고 하면 될 것을 말이지."

"예, 라인하르트 님이나 저라면 그렇게 했겠지요. 하지만 하제는 그럴 수 없었던 겁니다."

축구장은 늦봄의 짙은 녹음으로 뒤덮여 있었다. 그 배경 속에서 하제는 노란색은 식별했지만 붉은색을 식별할 수는 없었다.

하제는 색맹이었던 것이다. 적록색맹赤綠色盲…… 그것도 상당히 중증인. 그 사실을 끝까지 감춘 채 그는 유년학교에 입학했다.

색맹이라는 명사를 인식하는 데 라인하르트는 약간 시간이 필요했다. 그것은 인간의 열악한 유전자의 소산으로써 공식적으로는 절멸되었을 터.

500년쯤 전, 루돌프 폰 골덴바움은 '열악유전자배제법'을 제정했다. 루돌프와 그의 어용학자들은 자연계에 존재할 리 없는 '완전한 건강'이야말로 인간이 살아갈 자격이라 주장하며, 수많은 유전상의 결함을 가진 사람들을 대량으로 '처분'했다. 그러나 이 잔인하고 가혹한 조치도

179

'열악유전자'를 근절할 수는 없었다. 골덴바움 황실 자체가 훗날 수많은 이상자를 낳았으며, 유아살해의 악덕을 거듭해 우생사상優生思想의 어리석음과 얄팍함을 스스로 증명했던 것이다……

라인하르트는 하얀 손가락으로 책상을 두드렸다.

범인이 하제라면 베르츠를 죽였을 때 타일 위에 묻은 피를 닦을 수 없었을 것이다. 적록색맹이니까 붉은색과 녹색을 구별하지 못한다. 그래도 그는 피를 닦아야만 했다. 그렇다면 그 기묘한 흔적도 설명이 된다. 모순은 해결했다.

"무언가 다른 색을 띤 타월이나 천으로 타일 위를 대충 닦았던 것이 아닐까요? 그 천을 보면 피가 묻었는지 아닌지 알 수 있을 테니까요."

키르히아이스의 추론도 일리가 있다는 것을 금발 소년은 인정했다.

"네 말이 맞아, 키르히아이스. 하지만 이걸 보면 무슨 생각이 들어?"

라인하르트가 꺼낸 것은 노란색 타월, 정확히 말하자면 타월의 잔해였다. 곳곳이 검게 그을렸지만, 그래도 시커멓게 변색된 피가 묻었다는 것은 알 수 있었다.

"라인하르트 님, 이건 소각로에 있던 건가요?"

"그래. 아직 완전히 타진 않았지. 헌병본부에서 검사하면 혈액반응이 나올 거야."

붉은 머리 소년은 라인하르트의 목소리에 춤추는 듯한 정열이 묻어나오지 않는다는 것을 민감하게 간파하고 벗의 얼굴을 다시 보았다.

"역시 라인하르트 님은 모리츠 폰 하제가 범인이라고 생각하시나요?"

금발 소년이 고개를 갸웃하자 조명이 우아하게 물결치며 그의 머리 위를 지나갔다. 빛나는 고리를 얹은 수려한 치품천사熾品天使를 연상케

하는 모습이었다.

"……그렇게 생각할 수밖에 없는 근거가, 지나치게 많지 않아?"

두 사람은 함께 식량 창고로 가 보았다. 죽은 칼 폰 라이파이젠이 특히 식사에 불만을 많이 품었다는 증언이 있었다. 이것은 본부에서 파견한 헌병부사관의 보고에 따른 것이었다.

아무도 없는 창고에 들어가 여기저기 쌓인 식료품더미 사이를 이리저리 돌아다녀 보았다. 그때 키르히아이스가 머리 위의 위험을 알아차렸다.

"라인하르트 님!"

소리를 지르려 했지만 실제로는 성대보다도 몸이 더 빠르게 움직였다. 키르히아이스가 라인하르트에게 달려들고, 금발 소년과 붉은 머리 소년이 3미터 정도의 거리를 재빠르게 수평이동한 직후, 다른 물체가 수직으로 떨어져 묵직한 소리와 함께 콘크리트 바닥에 먼지의 미립자를 일으켰다. 그것은 30킬로그램들이 밀가루 자루였다.

두 사람은 몇 초 동안 바닥에 주저앉은 채 거대한 밀가루 자루를 주시했다. 라인하르트의 화려한 황금색 머리카락이 밀가루 자루에 짓눌리는 광경은 도저히 장난으로 넘길 수 없었다. 라인하르트는 감사의 인사를 담아 벗의 붉은 머리를 손바닥으로 쓰다듬고, 힘차게 일어났다.

"흉기는 이거였어, 키르히아이스."

라인하르트의 목소리가 오랜만에 밝아졌다. 키르히아이스의 손을 잡아 일어나며 뜨거운 어조로 설명했다.

"중량 30킬로그램짜리 밀가루 자루를 15미터 높이에서 머리 위로 떨어뜨리면 뇌저골절로 즉사할 거야. 죽인 다음 밀가루는 밖으로 꺼내 흡진장치로 빨아들이고, 자루는 접어서 옷 속에 감추면 흉기는 사라져 완전범죄가 되는 거다. 이런 우연이 없었어도 알아차렸어야 했는데."

라인하르트는 분한 모양이었지만, 키르히아이스가 보기엔 이 총명한 소년이 아니었더라면 알아차리지 못했을 것 같았다.

"……그런데 이 추리에는 큰 구멍이 있어, 키르히아이스."

금발 소년은 모양 좋은 눈썹을 찡그렸고, 그러자 실제 나이보다도 더 어리게 보였다.

"그게 뭐죠?"

"왜 범인은 사고를 가장하지 않았을까 하는 거야. 자루를 그대로 놓고 자물쇠를 열어놨더라면 단순한 사고로 넘어갔을 텐데."

"그랬더라면 교장만 관리책임을 물었을 테고요."

라인하르트는 푸른 얼음빛 눈동자를 살짝 떴다. 팔짱을 끼고 생각에 잠기더니, 마침내 출입구를 향해 걸으면서 혼잣말을 했다.

"간신히 일주일 내에 해결됐군……."

IV

라인하르트의 호출을 받고 교강실에 도착했을 때, 학년수석 모리츠 폰 하제는 무채색 얼굴을 하고 있었다. 입실했을 때부터 이미 그랬으니, 교장 슈테거 중장의 음습한 얼굴을 보았을 때도 색이 더 변하지는 않은 것 같았다.

"무슨 일이십니까, 뮈젤 대령님?"

그 물음에 키르히아이스가 보여준 것은 한 장의 종잇조각이었다. 단순한 회색 종이. 그에게는 그렇게밖에 보이지 않았다. 그러나 라인하르트는 무미건조한 잔혹함을 담아 말했다.

"이 문장을 읽어봐, 하제."

그것은 붉은 글씨가 적힌 녹색 종이였다. 붉은 글씨는 이런 문장을 이루고 있었다.

『범인은 모리츠 폰 하제다.』

그러나 하제는 이를 읽을 수 없었다. 그저 입을 다물고 있을 뿐이었다.

첫 피해자 칼 폰 라이파이젠은 범인이 색맹임을 알고 협박했던 것이 아닐까. 모종의 대가를 강요했으며, 그것이 범인의 '방어적 동기'를 환기한 것이다. 두 번째 피해자는 범행 현장을 목격하는 바람에 더더욱 범인을 폭주시키는 결과를 초래했으리라……

교장 슈테거 중장에게 라인하르트는 그렇게 설명했다. 범인을 금방 만날 수 있으리라는 말과 함께. 그리고 지금, 하제를 교장 앞으로 데려온 것이었다.

"왜 그러나, 하제? 설마 글을 못 읽는 것은 아닐 텐데?"

라인하르트의 목소리는 서릿발 같았다. 모리츠 폰 하제의 얼굴은 교차하는 수많은 심리의 단층면을 드러냈다. 낭패, 굴욕, 패배감, 그리고 분노와 증오. 이제까지 얼마나 고생을 했을까. 녹색불과 빨간불의 위치를 확인해 틀리지 않도록 몸과 마음에 새기고, 보통 시신경을 가진 사람들에게 뒤지지 않도록, 들키지 않도록 필사적으로 살았다. 실제로 그의 재능이 다른 이들보다 뛰어나다는 것은 지금 그의 위치가 증명해주지 않는가. 그런데도, 그런데도……!

"아니면 보이지 않나, 하제?"

"그렇습니다, 대령님. 제겐 보이지 않습니다. 실제로 저는 적록색맹입니다. 그것도 상당히 심한. 그 점은 인정하겠습니다. 그러니 더 이상 당신의 서툰 연극에 끌어들이지 마십시오!"

격정이 음성으로 바뀌어 학년수석의 입에서 튀어나왔다. 두 손은 강풍을 받은 나뭇가지처럼 무질서하게 흔들리고, 두 눈은 열기를 띠었다. 습지의 물웅덩이에 반사한 열대의 햇빛과도 같은, 매우 불쾌한 열기였다.

"그게 네 본질이로군. 표면은 얌전하지만, 그만큼 감정을 안으로 억눌러왔던 거겠지."

라인하르트는 열일곱 살 소년답게 한 면만을 보며 단정을 내렸고, 인생경험이 풍부한 연장자인 교장 슈테거 중장도 이를 부정하려 들지는 않았다. 교육자로서 죄를 저지른 생도를 비호할 생각도 없는 것 같았다.

"하제, 유감이구나. 정말 유감이야. 너처럼 우수한 생도가, 사정이 있다고는 해도 학우를 해치다니, 실로 유감이로구나. 나의 무력함을 통감할 수밖에……."

헛돌던 모터는 금발 소년에게 제지당했다.

"모리츠 폰 하제는 범인이 아닙니다, 교장 각하."

여전히 서릿발 같은 목소리로 라인하르트가 말했다.

"제가 말하는 하제의 죄는 색맹임을 숨기고 유년학교에 들어왔다는 것뿐입니다. 살인사건의 범인은 달리 있습니다."

단언하는 라인하르트의 얼굴을 교장은 의아한 표정으로 쳐다보았다. 라인하르트의 시선을 받은 붉은 머리 소년이 앞으로 나왔다.

키르히아이스의 손에는 손수건으로 꼼꼼하게 감싼 막대 모양의 물체가 있었다. 손수건을 펼치자, 인간의 몸에서 튀어나온 붉은 그림물감을 칼날에 잔뜩 묻힌 페이퍼나이프가 나타났다.

"이 페이퍼나이프가 흉기입니다. 조금 전 에리히 폰 바르부르크라는 생도의 방에서 발견했습니다."

실내에 침묵이 폭발했다. 그 무음의 진동을 라인하르트의 음악 같은 목소리가 갈랐다.

"바르부르크 생도는 지금 다른 헌병이 구류했습니다. 정식은 아니지만 이미 공술도 받았습니다. 라이파이젠, 베르츠 두 생도를 살해했다는 사실을 자백했지요."

"말도 안 돼!"

교장은 두 눈과 입에서 동시에 무시무시한 노성을 터뜨렸다.

"그럴 리가 없다! 그 녀석은 범인이 아니야. 애초에 그 나이프는 하제의 책상 서랍에 있었을 텐데!"

"바로 그렇습니다, 각하."

조용한 목소리로 라인하르트가 인정했다.

"하지만 각하께서 그 사실을 어떻게 아시는지요?"

"하제는 학년수석입니다. 두 번째 피해자 요한 고트호르프 폰 베르츠는 학년차석이었지요. 이 두 사람이 사라지면 학년 제3위가 수석으로 올라갈 겁니다."

금발 소년은 담담히 설명했다.

"학년 제3위는 에리히 폰 바르부르크. 여기서 그의 성姓은 문제가 되지 않습니다. 중요한 것은 외조부의 성이지요. 슈테거. 게르하르트 폰 슈테거가 바로 외조부의 이름입니다."

교장의 얼굴은 화석이 되었다. 이윽고 터져 나온 목소리는 돌이 맞부딪치는 소리 같았다.

"뮈젤 대령. 자네는 재학 당시에도 농담이 서툴렀던 것으로 기억하네만, 그 후로도 전혀 성장을 하지 못했군. 오히려 퇴보했을 정도일세. 이런 악질적인 농담이 어디 있나."

"그 말씀은 정정해야겠군요. 악질적인 농담이 아니라 악질적인 사실입니다. 아무튼 조금 더 제 말씀을 들어보시지요. 아직 결말이 나지 않았으니."

교장은 동의하지 않는 표정이었으나 입으로는 아무 말도 하지 않았다. 라인하르트는 적극적인 찬동을 기다리지 않고 이야기를 계속했다.

"원래 칼 폰 라이파이젠의 죽음은 불행한 사고였습니다. 그는 생도들의 식량 사정이 좋지 못한 것은 주방 관계자가 식량을 횡령하기 때문이 아닐까 생각했죠. 그래서 실상을 캐고자 식료품 창고로 침입했던 겁니다. 정의감만 내세울 게 아니라 부정한 증거까지 잡는다면 사관학교로 올라갈 때 평가가 높아지리라는 타산도 있지 않았을까요?"

"……."

"그리고 라이파이젠은 생각지도 못한 사고를 당했습니다. 당신은 교장으로서 야간 순찰을 돌다 이를 발견하고, 당혹스러울 수밖에 없었겠죠. 당연히 교장의 관리책임이 될 테니까요. 하지만 그때 범죄자의 자질이 싹텄던 겁니다……."

라인하르트는 단아한 입술을 닫았다. 교장실에 있던 세 사람은 침묵을 지켰다. 키르히아이스는 침착함과 긍지를 담아 라인하르트를 바라보았고, 하제는 경악에 질식한 채 멍하니 서 있었으며, 교장은 정신의 불모지대에 주저앉았다.

"당신은 밀가루를 비우고 자루를 버리고, 창고 문을 밖에서 잠갔습니다. 이렇게 해 사고는 살인이 된 겁니다. 당신이 처음부터 하제를 범인으로 삼을 생각이었는지 어떤지는 모르겠습니다. 나중에 생각났을지도 모르지요. 그가 색맹이라는 사실을 밝힌다면 그는 당연히 학교에서 쫓겨날 겁니다. 그러나 그래도 외손자 위에는 베르츠가 있습니다. 손자를 수석으로 삼으려면 베르츠도 동시에 없애야만 했습니다. 당신은 손자를 아낀 나머지 눈이 어두워졌습니다. 그래서 베르츠를 죽이고 하제를 범인으로 몰아 손자를 수석으로 만들려 했던 겁니다."

교장의 얼굴에 붉은 기운이 맺혔다. 가장 지적받고 싶지 않은 사실을 옛 생도에게 가차 없이 지적당했기 때문이다.

"당신의 오산은 헌병대가 보낸 것이 수사 경험도 없는 애송이라는 점이었습니다. 우리에게 하제가 범인이라고 가르쳐주느라 매우 고생하셨겠죠. 일부러 그를 축구장까지 보내기도 하고, 노란 타월과 녹색 타일을 소도구로 쓰기도 하고. 은사님께서 졸업한 옛 생도에게까지 이처럼 애를 써 주시니 황송해서 몸 둘 바를 모르겠습니다."

라인하르트는 말을 끊고, 냉소보다는 연민에 가까운 목소리를 냈다.

"쓸데없는 저항은 그만두시지요. 키르히아이스는 재학 당시 몇 번이나 사격대회에서 금메달을 딴 실력자입니다. 아무리 목숨을 걸어도 안 될 겁니다."

교장은 어깨를 늘어뜨리고 등받이에 몸을 기댔다. 키르히아이스가 다가가 교장의 팔을 조용히 잡고 끌어당겼다. 교장의 손에 들려 있던 군용 블래스터가 그보다도 키가 큰 붉은 머리 소년의 손으로 옮겨 갔다. 라인하르트가 다시 입을 열자 목소리의 질과 온도가 단숨에 바뀌었다.

"당신은 비겁자요. 부조리한 법률을 강요하는 강자에게 투쟁을 청하지 않고, 자신보다 불리한 처지에 있는 생도를 해쳐 손자에게 이득을 주려는 이기심을 만족시키려 했소. 살해당한 생도에게도 조부가 있을 텐데!"

소년의 탄핵은 가차 없었다.

"당신에 비하면 자유행성동맹을 참칭하는 반도들에게 도망친 망명자들이 훨씬 당당할 거요. 그들은 적어도 무언가를 손에 넣고자 다른 하나를, 이를테면 고국을 버려야만 한다는 것을 잘 아니까!"

왜 강자에게 도전하지 않고, 힘을 약한 자들에게 돌리는가. 라인하르트는 무엇보다도 그 점을 경멸했다.

"네놈이 뭘 안다고 지껄이느냐!"

갑자기 터져 나온 늙은 장교의 목소리는 끈적끈적한 악의로 가득했다. 두 눈에 맺힌 증오와 절망이 거품을 터뜨렸다.

"누이가 폐하의 총애를 받은 덕에 고생도 모르고 어린 나이에 대령이 된 놈이, 내가 얼마나 힘들었는지 알겠느냐?! 상관들의 행패를 참아가며 겨우 여기까지 온 내 기분을 알겠느냐! 사위가 내 꿈을 이루어 주지 않을까 기대했건만, 그놈도 전사했다. 난 그놈의 꿈까지 합쳐, 손자를 위해 방해되는 놈들을 제거해 준 거다. 그게 무슨 잘못이냐!"

이런 종류의 모독과 곡해를 받고도 태연할 라인하르트가 아니었다. 하지만 푸른 얼음빛 눈동자에 충만한 노기가 약간 불완전연소 상태인 것을 키르히아이스는 간파했다.

키르히아이스도 자신의 내면에서 의외의 감정을 느끼고 약간 당황했다. 그는 문득 이렇게 생각한 것이다. 라인하르트를 증오할 자격을 가진 자는, 현재의 사회체제에서 특권을 탐닉하며 약자를 괴롭히는 문벌귀족이 아니다. 현재의 사회체제 안에서 조용히 지위의 향상과 처우의 개선을 바라던 사람이야말로 라인하르트를 진심으로 적시할지도 모른다. 겨우 은접시 앞에 앉자 라인하르트가 접시 자체를 때려 부수고 말았으니, 그때까지 느낀 사회의 부조리함보다도 라인하르트를 증오할 수밖에 없지 않겠는가.

그것은 도저히 견디기 힘든 생각이었다. 라인하르트는 멀고 높은 곳을 향해 날아오르려 하는데, 땅에서 기어 다니면서 비슷한 처지에 있는 자들과 골육상쟁을 벌이지 않고서는 행복을 얻을 수 없는 자도 있는 것이다.

"당신의 심정에 관해서는 제일 먼저 베르츠의 유족에게 이해를 구하시오. 내가 이러쿵저러쿵할 필요는 없소."

일부러 상호이해를 싸늘하게 거절한 라인하르트는 붉은 머리 벗에게 눈짓했다. 키르히아이스가 문을 열자 헌병들이 들어왔다.

"꿈이 작은 자를 경멸하십니까, 라인하르트 님?"

금발 젊은이는 벗을 돌아보았다. 두 사람은 이중의 폭풍이 지나간 유년학교 교정을 걷고 있었다. 멀리서 오늘도 축구에 열중하는 생도들의 목소리가 들려왔다.

교장은 헌병본부로 끌려갔다. 색맹을 숨기고 입학한 하제도 마찬가지였다. 이것은 키르히아이스에게는 답답한, 라인하르트에게는 불쾌한 결과였으나, 어차피 교장이 하제의 색맹을 언급할 것이 분명했으며, 언제까지고 감출 수 있는 일도 아니었다. 라인하르트는 아직 부조리를 합법적으로 시정할 힘을 얻지 못했다. 하제의 처분이 가급적 가벼워지도록 청원서를 내는 정도밖에는.

아무튼 이렇게 유년학교는 교장과 우등생 두 사람, 준우등생 한 사람을 한 번에 잃었다. 이 사건은 물론 공표되지 않을 것이다. 라인하르트에게는 찬란한 무훈이 아닌, 지나치게 조용한 공적이었다. 그러나 어쨌거나 이 공적 덕에 라인하르트는 마음 맞지 않는 직장에서 일찌감치 해방될 것이다. 역시 그는 광대한 우주에서 강적을 상대로 전략과 전술 역량을 겨루고 싶었다.

"꿈의 크기는 둘째 치더라도, 약한 놈은, 아니, 약함에 안주하는 놈은 경멸해. 자신의 정당한 권리를 주장하지 않는 자는 타인이 정당한 권리를 침해당했을 때 공범이 되지. 그런 놈들을 좋아할 수가 있겠어……?"

그것은 키르히아이스가 조심스럽게 바라던 대답과는 약간 달랐다. 그러나 바라던 것 이상의 대답을 그는 다음 순간에 얻었다.

"너도 그렇게 생각하지, 키르히아이스? 넌 언제나 똑같은 심정이겠지?"

"예, 라인하르트 님."

그랬다. 자신은 이 금발의 천사와 꿈을 공유하고 있다. 항상 라인하르트와 함께 있고 싶다는 그의 소박한 꿈을 웃어넘기지 않을까 하는 그의 기우는 어리석은 것이었다. 그림자가 본체와 떨어질 수는 없는데도.

문득 옆에서 바람이 불어와 두 가지 색깔의 머리카락을 헤집어놓았다. 두 사람은 똑같이 머리를 누르며 똑같이 하늘을 올려다보고, 같은 감회로 얼굴을 마주 보고는, 정말 오랜만에 미소를 나누었다.

강하고도 기분 좋은 바람은 초여름의 첨병이었다. 미적지근한 계절을 과거로 밀어내고, 그들은 곧 풍부한 빛과 생기가 춤추는 나날을 맞이할 것이다.

오명

머리 위에 펼쳐진 거대한 가스행성이 마노색 눈으로 지크프리트 키르히아이스를 내려다보고 있다…….

이는 물론 상대적인 위치감각이 빚어낸 상황일 뿐이다. 정확히 표현하자면, 키르히아이스가 있는 곳은 가스행성 조스트의 정지위성궤도에 놓인 인공위성 크로이츠나흐 III드라이였다. 제국력 486년, 우주력 795년 11월. 타오르는 불꽃 같은 붉은 머리카락을 한 열아홉 살의 제국군 중령은 그리 열렬히 바란 것도 아닌 며칠간의 휴가를 보내러 크로이츠나흐 III를 찾아온 것이었다.

키르히아이스가 인공의 대지와 인공의 공기를 가진 이 공중누각을 방문한 것은 이번이 처음은 아니었다. 변경공역을 왕래하는 상인이나 군인들에게 수많은 환락기능 —— 술집, 호텔, 카지노, 매음굴, 도그레이스, 각종 스포츠 시설 등등을 갖춘 크로이츠나흐 III는 욕망과 스트레스를 해소하는 데 반드시 필요한 곳이지만, 키르히아이스에게는 그리 즐거운 장소라는 생각이 들지 않았다.

'즐겨야 하는 곳에서 즐기지도 못하는 궁상맞은 성격 탓일까?'

붉은 머리 청년은 쓴웃음 섞인 생각을 했다. 지금 그의 눈앞에는 강대한 적규의 모습도, 결재가 필요한 서류도 없다. 또한 그의 충성심과, 충성심 이상으로 강하고 깊은 감정의 대상인 라인하르트 폰 뮈젤도 없었다.

새해가 밝아 제국력 487년이 되면 라인하르트는 상급대장으로 승진하고, 그에 따라 자유행성동맹령으로 대규모 침공작전을 지휘할 예정이었다. 키르히아이스도 대령 승진과 함께 그의 부관이 되어 보좌를 수행할 것이다. 정보수집과 보급체계 정비 등 전략 단계의 준비는 이미 상당한 진척을 보였다. 마음에 걸리는 것은 메르카츠, 파렌하이트처럼 그가 처음으로 지휘할 제독들이 사심을 버리고 협력해 줄지, 오로지 그 한 가지뿐이었다.

그 점을 제외하면, 제도 오딘으로 돌아가기 전에 조용한 휴가를 며칠 즐길 만한 여유가 생겼다. 원래 키르히아이스는 라인하르트와 함께 이곳에 올 예정이었지만, 라인하르트는 개인적인 용무가 생겨 사흘 정도 늦어지게 되었다.

"내가 백작가를 잇게 됐어. 라인하르트 폰 로엔그람 백작님이라나. 그래서 선대 로엔그람 가문의 묘소를 찾아가 참배를 해야 한다는군."

제국의 다른 귀족들이 그렇듯, 로엔그람 가문 또한 건국자 루돌프 대제가 권력을 획득하고 유지하는 데 공헌했다고 인정을 받아 작위와 그에 따르는 수많은 특권을 얻었다.

"공헌이란 다시 말해 민중봉기를 탄압하고, 저항하지 못하는 여자와 아이들을 박해하고, 사상범을 죽였다는 그런 거겠지. 역사상의 전과자랄까⋯⋯. 하지만 로엔그람이라는 이름은 발음이 마음에 들어. '뮈젤'보다 훨씬."

스무 세대에 걸쳐 이어진 유서 깊은 가문도 15년쯤 전에 직계가 끊어져 일족을 양자로 맞았지만, 이마저도 젊어서 병사해 사실상 대가 끊어졌다. 성년이 된 라인하르트가 그 가문명을 상속해 부활시키기로 한 것이다.

그러나 라인하르트는 황제 총비의 동생일 뿐이며, 기존 문벌귀족들이 보기에는 권력질서의 조화를 흔드는 벼락출세자였다. 새로운 위계를 얻으면 그에 합당한 공적을 요구할 것이다. 그리고 공적을 올리면 올린 만큼 질시와 반감의 대상이 된다.

"결국 문벌귀족들의 적의를 없애려면, 놈들을 없애버릴 수밖에."

라인하르트는 푸른 얼음빛 눈동자를 싸늘하게 빛내며 말했다. 그것은 사실의 보고가 아니라 결의의 표명이었다. 현재의 골덴바움 왕가에서 받은 명예와 특권은 라인하르트가 위대한 목적을 달성하기 위한 소도구 중 하나일 뿐이다.

"이런 기회에 나 없이 휴가를 즐겨봐. 어차피 2, 3일뿐이잖아. 너무 네게 폐만 끼치면 누님에게 야단을 맞으니까."

그렇게 말하면 키르히아이스도 사양할 수 없었다.

이렇게 붉은 머리 청년은 혼자 호텔에 체크인했다.

"지크프리트 키르히아이스. 제국군 중령. 휴가 중. 체류 예정 5박 6일."

프런트에서 예약번호를 확인하고 이렇게 기재하자, 지배인은 서류와 키르히아이스의 용모를 번갈아 쳐다보았다.

"실례입니다만 중령님치고는 매우 젊으시군요."

귀족의 자제라면 가문에 따라 나이에 어울리지 않는 지위에 올라도 이상할 것이 없다. 그러나 키르히아이스의 성에는 귀족임을 증명하는 'von' 세 글자가 없었다. 기이하게 여긴 사람은 그가 처음이 아니었다.

이제 곧 대령이 된다고 말힌디면 어떤 반응이 돌아올까 싶었지만 물론 실행하지는 않고, 키르히아이스는 무덤덤하게 한마디로 대답했다.

"자주 듣는 말이죠."

전자 열쇠를 받고 190센티미터의 장신을 돌리려던 키르히아이스는 기이한 것을 보고 동작을 멈추었다. 그것은 그에 못지않은 장신과 5할 정도 넓은 어깨를 가진 20대 중반의 사내였다.

키르히아이스의 시선은 자성을 띤 것처럼 그 사내에게 빨려들어 갔다.

공포까지 가지는 않았으나 위험을 예감할 만한 무언가가 있었다. 온실 속으로 흘러든 한기처럼 피부로 느껴지는 이질감이었다. 사내는 불량품 꼭두각시 인형처럼 부자연스러운 움직임으로 한 노신사를 향해 발을 움직였다. 그 신사는 키르히아이스에게서 대여섯 걸음 떨어진 곳에서 막 체크인을 마친 참이었다.

주위 사람들은 급변한 사태를 보고 놀랐다. 사내가 날이 두꺼운 초경도강 나이프를 주머니에서 꺼내 노신사에게 겨누고 투우처럼 달려들자, 옆에서 뛰어온 붉은 머리 청년이 노신사를 밀쳐내더니 긴 다리로 사내의 손에서 나이프를 걷어찬 것이다. 나이프가 바닥에 떨어져 둔중한 소리를 내고, 여기저기서 여성의 비명이 터져 나오는 가운데, 가해자와 구조자는 한순간 서로를 노려보았다.

상대가 바라보고 있는 것은 키르히아이스가 아니라, 잠재의식의 미궁에서 보이지 않는 실을 따라 끌려 나온 극채색의 거대한 미노타우로스임이 분명했다.

사내의 두 눈에 흉포한 빛이 가득 차고, 그것이 온몸으로 퍼지는 것이 리트머스 시험지처럼 똑똑히 보였다. 언뜻 늘씬해 보이는 키르히아이스는 겉모습에 비해 완력이 좋지만, 단순히 뚝심만으로는 이 거한에게 대항하기 어려울 것 같았다.

키르히아이스의 장신이 채찍처럼 움직였다. 사내의 팔이 풍압을 일으키며 그의 옷을 스치고 공기를 쳐냈다. 체중이 실린 훌륭한 일격이었지만 아슬아슬하게 피했다. 다부진 거구는 균형을 잃으며 비틀거렸다. 그럼에도 사내의 투기는 쇠할 줄을 몰라, 부자연스러운 자세에서도 두 번째로 주먹을 날렸다. 키르히아이스는 이를 위팔로 막으면서 강인한 손

목을 놀렸다.

사내의 배에 강렬한 일격이 꽂혔다. 사내의 거구는 겨우 몇 밀리미터이긴 하지만 분명히 허공에 떠올랐으며, 크게 숨을 내뱉더니 뻣뻣하게 바닥으로 쓰러졌다.

예상했다고는 하나, 나쁜 예상이 적중한 것은 기분이 좋지 못했다. 보통 사람이라면 위벽이 터지고 위액과 피를 토해내며 기절했을 정도의 타격을 입혔는데도 사내는 겨우 5, 6초 만에 표정 하나 바꾸지 않고 일어난 것이다.

고통을 느끼지 않는 상태인 사내는 인간이 둔중한 냉혈동물로 퇴행한 것 같은 형상으로 근처에 놓여 있던 강화 유리 테이블을 붙잡더니 눈높이 위로 치켜들었다.

테이블이 굉음을 내며 날아와 조금 전까지 키르히아이스의 머리가 있던 공간을 두 쪽으로 가르고, 붉은 사암砂巖으로 만든 로비의 장식기둥에 격돌했다.

사내의 괴력에 구경꾼들 사이에서 공포와 감탄의 술렁임이 일어났다. 그러나 이를 느꼈다 해도 사내에게 승리를 기뻐할 만한 시간은 없었다. 키르히아이스의 동작은 신속하기 그지없었다. 바닥을 향해 장신을 내던지고 한 바퀴 굴러 사내의 발밑에 이르자마자 있는 힘껏 사내의 다리를 옆으로 걸어버린 것이었다.

사내의 거구가 한순간 허공에 뜨고, 뱃속까지 울리는 소리를 내며 바닥에 떨어졌다. 머리를 바닥에 부딪쳐 크게 숨을 토해내더니, 그대로 움직이지 못했다.

키르히아이스가 일어나 흐트러진 붉은 머리를 한쪽 손으로 쓸어 올리자 다소 경박한 박수가 그를 에워쌌다.

노신사가 키르히아이스 앞으로 걸어왔다. 자신이 구해준 상대를 붉은 머리의 청년이 가만히 바라본 것은 그때가 처음이었다. 표백된 듯 새하얀 머리카락, 앙상한 뺨, 약간 구부정한 자세가 그의 인상에 남았다.

"아무래도 자네가 내 목숨을 구한 모양이구먼, 젊은이. 감사를 표해야겠네."

노신사는 예의 바르게 고개를 숙였다.

"나는 카이저링 남작이라고 하네. 면식도 없는 나를 위해 몸을 던지다니, 고맙네."

키르히아이스는 그 고유명사를 들은 적이 있었다.

미하엘 지기스문트 폰 카이저링 퇴역소장. 카이저링 남작가 제19대 당주이며, 3년쯤 전 예편했던 것으로 안다. 아직까지 장성으로서 퇴역할 나이는 아니었다. 강제 퇴역이었다.

분명 예순 살을 갓 넘었을 테지만, 카이저링은 정신과 육체에 실제 나이보다 훨씬 긴 세월의 행보를 새긴 것처럼 보였다. 키르히아이스는 그의 깊은 실의를 언뜻 느낄 수 있었다.

"저처럼 어린 사람에게 이리 정중하게 대해 주시니 황송합니다. 저는 제국군 중령 지크프리트 키르히아이스라 합니다."

"허어, 중령치고는 젊은걸."

늙은 퇴역군인의 목소리에는 악의가 없었으며, 그런 만큼 오히려 키르히아이스는 무슨 표정을 지어야 할지 난감했다. 세간의 평가를 아는 자는 무심해지기 힘든 법이다.

5세기에 걸친 골덴바움 왕조 은하제국의 역사는 승리와 같은 수의 패배, 명예와 같은 양의 불명예를 안고 있다. 결코 황금 문자로 새겨질 수 없는 온갖 기록 중에는 제국력 331년 다곤 성역 회전 패배, 387년 샨달라 성역 회전 패배, 408년 텔레만 제독 휘하 병사 반란 사건, 419년 지크마이스터 제독 망명 사건, 같은 해 포르세티 성역 회전 패배, 442년 미헬젠 제독 암살 사건 등이 있는데, 483년 아를레스하임 성역 회전 패배 또한 그에 필적했다.

카이저링 중장 휘하 제국군은 동맹군의 행동을 교묘히 탐지해, 가장 유리한 시기에 기습을 가하려 했다. 그런데 그 시기가 오기도 전에 지휘관의 명령을 무시하고 제국군이 난사하기 시작하는 바람에 동맹군의 역습을 받고 말았다.

막상 전투가 벌어지자 제국군은 꼴사납게도 앞을 다투어 패주했으며, 동맹군의 가혹한 추격전에 일방적인 피해자가 되었다. 기습을 가하고자 잠복했던 함대가 적에게 오히려 자신의 위치를 드러내 주었으니, 그 귀결은 당연한 것이었다. 카이저링 함대의 사상률은 6할을 넘었다.

일방적인 실패와 일방적인 패배. '패자에게는 패인이 있되 승자에게는 승인이 없던' 이 전투는 제국군의 자존심에 깊은 상처를 내고 말았다. 패군을 간신히 재편해 돌아온 카이저링은 군사재판의 피고석에 앉아야 했다.

카이저링의 무능, 특히 광란에 빠진 부하를 진정시키지 못했던 지도력 부족이 규탄의 대상이었다. 상식에 어긋난 난사와 무질서하기 짝이 없는 패주의 책임이 지휘관에게 돌아가야 한다면 카이저링이 질타를 받는 것은 당연했다. 황제 프리드리히 4세의 중병이 쾌유하여 은사가 내려진 덕에 카이저링의 처분은 소장 강등 후 퇴역으로 끝났지만, 피고석에서 굳게 침묵을 지키던 지휘관의 명예는 영원한 상처를 입고 말았던 것이다.

키르히아이스는 카이저링이 세간의 평처럼 무능하고 천박한 사람이라는 생각은 들지 않았다. 그러나 한 개인의 공직생활과 사생활이 언제나 같은 모습을 보이는 것은 아니다. 비전투원을 학살하는 잔인한 지휘관이 가정에서는 착한 아버지였다느니, 고결한 교육자가 길거리에서 여자를 샀다는 사례는 얼마든지 있다. 카이저링은 공인으로서 능력을 비난받았으므로 개인으로서 보여준 호감으로 그 비난을 상쇄할 수는 없었다.

형식적으로 두세 마디 대화를 나누고 있으려니 그제야 겨우 경관들이 달려왔다. 키르히아이스는 경찰서로 가 사정청취를 하게 되었다. 경관들과 함께 자리를 뜨려는 그의 등에 알코올 냄새가 찌든 목소리가 날아들었다.

"빨간 머리 껑다리 형씨, 꽤 세던데? 당신에게 100마르크 걸어볼 걸 그랬어."

키르히아이스가 한순간이나미 '그거 안됐군요.' 라고 대답해줄까 생각한 것은 환락가의 개방적인 분위기가 의외로 강한 영향을 미쳤기 때문일지도 모른다.

경찰서에 도착해 잠시 기다리자, 초로의 상사가 들어와 말단 경찰관들을 물러나게 하더니 키르히아이스에게 정중히 인사했다.

"키르히아이스 중령님이라고 하셨습니까? 이거 수고를 끼쳤습니다. 저는 이곳의 치안책임자 호프만 총경이라고 합니다."

총경과 중령 어느 쪽이 높은지 키르히아이스도 정확히는 알지 못했다. 관료국가라면 서훈敍勳이나 봉급에 엄격한 서열이 존재하겠지만, 아무튼 자기보다 세 배 정도 되는 인생을 산 연장자가 자신에게 고개를 숙이니 키르히아이스도 다소 부담스러웠다. 권하는 대로 취미나 개성과는 완전히 무관한 규격품 소파에 앉았다.

"저희의 손이 미치지 못했던 것을 중령님께서 도와주셔서 정말 감사하기 이를 데 없습니다."

"아닙니다, 그저 우연히 그 자리에 있었을 뿐입니다."

"그럼 우연에 감사해야겠군요. 그런데 그 사내 말입니다만, 타액에서 약물 반응이 나왔습니다."

"약물 반응……?"

"예, 약물 반응 말입니다."

호프만 총경이 무겁게 고개를 끄덕였다.

"최근 15년 정도, 군대 내부나 변경에서 폭발적으로 위세를 떨치는 사이옥신이라는 마약이지요. 그자는 그 약물에 중독돼 이성의 감옥에서 뛰쳐나와 노인을 ── 카이저링 남작님을 습격했던 겁니다."

"……그런데, 왜 제게 그런 말씀을 하십니까? 수사상의 비밀 아닌가요?"

"그게, 사실은……."

호프만 총경은 굵은 손가락으로 얼마 남지 않은 은색 머리카락을 쓰다듬었다. 핏기 좋은 얼굴에 곤혹스러운 표정이 어렸다.

"군인이 얽힌 범죄가 되면 경찰도 이래저래 수사하기가 어렵거든요. 피의자의 신분증을 보니 현역 병장이더군요. 그런데도 **그 지경**이었던 겁니다. 당연히 마약중독자란 작물이 자라려면 밭이 주위에 있게 마련이고……."

"그렇다면 군대 내부에 마약을 다루는 불법조직이 존재한다고 생각하시는 거로군요."

호프만 총경은 무언가 사정이 있는 듯 눈을 깜빡여 보였다.

"예, 조직이지요. 한 사람의 힘으로 할 수 있는 일이 아니거든요. 마약을 재배하는 자, 가공하는 자, 파는 자, 여기에서 나온 이익을 분배하는 자. 그들의 공통이익은 거대하고, 결속은 단단하고, 입은 무겁답니다."

짐짓 내쉬는 한숨. 그런 일련의 동작에서 어딘가 연기 같은 태도가 느껴졌다.

"특히 군대 내부의 루트를 이용한다면 정말로 적발하기가 어려워집니다. 경찰의 처지에서는, 어지간한 일이 없으면 헌병대에 협력을 청하는 것조차 사양하고 싶거든요. 군인들은 늘 그러지요. 군대 일은 군인에게 맡기라고."

붉은 머리 청년은 아주 살짝 눈살을 찡그렸다. 상대의 의도를 이해한 것이다.

"그렇다면 마약조직 수사에 협력해달라는 뜻입니까?"

"하하, 예, 사실은 그렇습니다……."

총경은 장난꾸러기 어린아이처럼 웃었다.

"총경님, 저는…… 소관은 휴가를 보내러 여기 온 겁니다. 오랜만의 기회이고, 가능하다면 사회적 책임은 다락방에 놔둔 채 휴양에 전념하고 싶습니다만."

"예, 이해합니다. 원래 이런 부탁을 드리는 것도 도리가 아니고, 이래

205

저래 피해가 갈지도 모르는 일이니까요. 저도 본의는 아닙니다만, 지금은 그런 걸 무시하고서라도 본격적으로 적발에 나서야 하는 상황이라 말입니다."

"그렇다면 제겐 거부할 권리가 없습니까?"

"물론 있고말고요. 하지만 부디 보류해 주셨으면 합니다. 이렇게 무례한 청을 드리는 것도, 이번에 커다란 기회가 왔기 때문입니다. 사이옥신 대규모 밀매조직의 우두머리가 이곳 크로이츠나흐 III에 나타났지요."

붉은 머리 청년은 살짝 고개를 갸웃했다.

"단언하시는 것을 보니 그 인물의 정체가 판명된 모양이군요."

"전혀요. 아, 쓴웃음을 지으시는 것도 지당합니다만, 근거는 있답니다. 사실은 밀고가 들어왔거든요."

총경이 몸을 내밀며 목소리를 낮추는 동작에는 어쩐지 애교가 느껴졌다.

"저희는 직업상 성격이 삐딱해서, 이 밀고 뒤에 모종의 의도가 숨어있는 게 아닐까 생각했습니다. 이를테면 이 밀고를 믿고 경찰력을 이 위성에 집중한다면, 당연히 다른 장소의 치안이 약해져 범죄자들은 유유히 자기의 이익추구에 전념할 수 있는 게 아닐까 하고……."

호프만 총경은 콘솔에 한쪽 손을 뻗더니 굵은 손가락으로 제법 경쾌한 왈츠를 추었다. 책상 위의 스피커에서 컴퓨터 합성음이 흘러나왔다. 극히 짧은 메시지였다.

『조만간 사이옥신 밀조 및 밀매조직의 보스가 크로이츠나흐 III에 찾아올 것이다. 믿어다오.』

그 말만을 고했다.

"그리고 결국 믿기로 하신 거군요."

"그렇다기보다, 솔직히 믿는 것 말고는 방법이 없었거든요."

총경은 심각한 말을 솔직하게 내뱉었다.

"아시다시피 사이옥신은 천연의 산물이 아니라 공장에서 화학 합성하는 마약입니다. 마약으로서 신경 중추에 주는 쾌락의 효과도 어마어마하지만, 독성도 강렬해서, 특히 최기형성催奇形性과 최환각성催幻覺性이 매우 강하지요. ……백문이 불여일견이라고, 이걸 보시겠습니까, 중령님?"

키르히아이스가 받은 것은 입체영상이 아니라 구식 평면사진이었다. 그것이 총경의 배려였다는 것을 키르히아이스는 한순간에 이해했다. 두 개의 조그만 머리와 여섯 개의 손가락을 가진 사산아 사진은 4년에 걸친 전장 생활에서 한 번도 비겁자라는 말을 들어본 적이 없던 키르히아이스에게도 충분히 충격을 주었다.

"이 아기의 부모는 모두 중독자였습니다. 부친 쪽이 군대에서 악습에 물들어선 가정까지 마약을 가져온 게지요. 그 후 모친은 자살하고 부친은 정신병원에 들어갔습니다."

"……"

"뭐, 인간의 어리석음이란 어느 정도는 너그러이 봐주어야지요. 인간이라는 빵은 도덕이라는 밀가루와 욕망이라는 물을 반죽해 만든 거니까요. 밀가루가 지나치게 많으면 버석버석해지고, 물이 지나치게 많으면 금방 모양이 망가지지요. 그러니 이 조그만 위성은 버석버석한 빵에 물을 보급하는 존재인 셈입니다. 정사도 도박도 술도 싸움도 마음껏 즐길 수 있으니까요. 하지만 마약 문제가 되면 너그러이 볼 수도 없습니다.

이렇다 보니 지푸라기라도 없는 것보다는 낫달까요."

총경이 담담히 인간관찰의 철학을 이야기하는 사이에 키르히아이스
는 겨우 몸속에서 구토감을 몰아낼 수 있었다. 구토감이 사라진 후의 공
백은 분노와 혐오감으로 가득 찼다. 그것은 쉽게 떠나지 않아, 붉은 머
리 청년은 다소나마 존재했던 휴가에의 미련을 접고 초로의 총경을 똑
바로 보았다.

"알겠습니다. 제가 할 수 있는 일이 있다면 도와드리겠습니다."

어쩌면 노련한 상대의 의도에 그대로 빠져버린 것일지도 모르지만,
그래도 상관없었다. 권력 중추에서 무능하고 부패한 문벌귀족을 추방하
는 데 의의가 있는 것과 마찬가지로, 타인의 정신과 육체를 몇 세대에
걸쳐 상처 입히며 이익을 탐닉하는 자들을 사회에서 배제하는 데에도
의의가 있을 것이다.

"오오, 도와주신단 말씀입니까? 그럼 부탁드리겠습니다."

총경은 손을 비비며 기뻐하고는 키르히아이스에게 뜨거운 초콜릿 한
잔을 타 주었다.

"실은 저는 이 사건이 정리되면 내년 안으로 퇴직할 생각이었습니다.
고향별에 아들 부부와 손주가 셋이 살고 있는데, 그곳에서 신세를 지며
낮에는 손주를 보고 밤에는 괴담집을 읽으면서, 죽은 마누라 있는 곳으
로 갈 때까지 세월이나 보낼까 하고요."

호프만 총경은 키르히아이스가 모르는 소설가의 이름을 대며, 그자가
지은『악몽의 변경항로』라는 단편집은 세기의 걸작이라고 주장했다. 키
르히아이스는 미소를 지으며 들었다. 컵에서 피어나는 초콜릿 향기에
문득 어린 시절을 떠올렸다. 그와 그의 벗에게 초콜릿을 끓여주던, 따뜻

하고 하얀 손을…….

　호프만 총경의 협력 요청을 받아들이고 일단 호텔로 돌아온 키르히아이스는, 정장으로 갈아입은 후 스무 개도 넘는 크로이츠나흐 III의 레스토랑 중에서도 가장 고급인 '라인골트'로 향했다. 격식을 지나치게 차리는 가게는 그의 취향이 아니었지만, 생명의 은인을 저녁식사에 초대하고 싶다는 카이저링 퇴역소장의 메시지가 있었기 때문이었다.

　저민 포테이토와 프리카세로 가볍게 혼자 저녁을 때우려던 키르히아이스는 번잡하다는 생각이 강했지만, 카이저링이 자신의 평판을 꺼려 초대를 거절했다고 생각한다면 그것도 찜찜했다. 게다가 호프만 총경의 요청을 고려한다면 정보수집 기회를 놓칠 수도 없었다. 결국 그는 초대를 받아들이기로 했다.

　항성광 때문인지 레스토랑에서 보는 가스행성은 이상하게 납작한 것 같았다. 환각과도 같은 색조의 유화 물감을 무질서하게 발라놓은 허공의 거대한 팔레트가 사람들을 위압했다.

　"와 주어서 고맙네, 중령."

　촛불의 불빛이 얼굴 위에 넘실거리는 가운데 퇴역소장은 젊은 손님을 맞이했다.

　"좋은 자리에 초청해 주셔서 몸 둘 바를 모르겠습니다."

　"사실은 오지 않을지도 모른다고 생각했다네. 나는, 그러니까…… 평판이 나빠서 말일세."

　수치와 자조의 그림자가 촛불 불빛을 타고 카이저링의 얼굴을 가로질렀다. 초대를 거절하지 않은 자신의 선택을 키르히아이스는 내심 기뻐

209

했다. 이미 충분히 상처를 입었을 사람을 더 이상 상처 입힐 필요가 있겠는가.

419년 슈벨름 산 백포도주, 양고추가 들어간 부어스트wurst, 소시지, 포도주와 두송나무 열매로 만든 향신료가 향긋한 냄새를 풍기는 사슴고기 구이……. 다소 무거운 분위기도 관대하게 받아들일 수 있을 만한 식사가 일단락되자 키르히아이스는 늙은 퇴역군인에게 최대한 은근슬쩍, 피의자에게 무언가 짚이는 것이 있는지를 물었다.

"전혀 모르겠네. 경찰에도 그렇게 말했네만, 마약중독자의 환각에 일일이 정당한 원인을 찾을 수는 없는 노릇 아니겠나?"

웨이터가 가져온 커피의 김이 뜨거웠다.

"내가 10년 만에 이곳에 온 이유는 오랜 친구와 재회하기 위해서였네. 그들은 내일 이곳에 도착할 예정이지."

목소리에 기이한 변화가 나타났다.

"우린 40년 전 이곳에서 처음 만났네. 여기서 우리란 나와 친구 바젤 부부를 말하는 것일세. 그때 나와 크리스토프 폰 바젤은 사관학교를 갓 나왔을 때였지……."

카이저링은 과거를 향해 먼 시선을 보내고, 문득 생각이 났는지 웃옷 안주머니에서 조그만 유리질 직방체를 꺼냈다. 한쪽 면을 누르자 한 손에 들어올 정도의 조그마한 입체영상이 나타났다.

그것은 예순 살을 넘은 여성이었다. 노부인이라 불러야 하리라. 그러나 단아하고 기품 있는 얼굴은 인생의 전성기를 이미 오래전에 넘겼음에도 아름답다고 해도 좋을 정도였다. 30년 전의 풍요로운 아름다움, 40년 전의 생생하게 빛나던 아름다움을 누구나 쉽게 상상할 수 있을 것이다. 키르히아이스도 생전 처음으로 '아름다운 노부인'이라는 존재를 보았다. 거만함과 영양과다로 부풀어 오른 노부인, 좁은 세계에 갇혀 그대로 말라비틀어진 채 의심의 눈빛을 쏘아 보내는 노부인, 그런 사람이라면 궁정 주위에 얼마든지 있었다. 그러나 사람은 아름답게 늙을 수도 있는 모양이다.

"아름다운 분이시군요."

키르히아이스의 어조에 진실미가 있었으므로 늙은 퇴역군인은 만족했던 모양이다. 입체영상을 끄고 투영기를 주머니에 넣은 후, 처음으로 커피에 손을 뻗었다.

"그래. 젊었을 때도 아름다웠지만, 예순이 되어서도 아름답지."

퇴역군인은 살짝 한숨을 내쉬었다.

"중령, 젊다는 것과 늙었다는 것 사이에는 확고한 차이가 있다네. 젊다는 것은 무언가를 손에 넣으려 하는 것이고, 늙었다는 것은 무언가를 잃지 않으려 하는 것이지. 물론 그것만으로 뭉뚱그릴 수는 없네만, 그 반대는 아니라는 것 또한 분명한 사실일세. 그리고 그녀는…… 요한나라고 하는데, 참으로 아름답게 늙었지. 그녀다워. 나는 도저히 당해낼 수 없다네."

"그렇다면 각하께서는 무언가 잃으실 만한 것을 가지고 계십니까?"

키르히아이스는 흥미의 빛을 억누르며 물었다.

"아니, 나는 잃을 것조차 남지 않았네."

두 사람 사이에 커피의 향이 일렁였다.

"무슨 말인지 자네도 알겠지? 나는 그녀에게 청혼했네. 처음 만나고 1년 후였지. 나를 인생의 동반자로 생각해 줄 수 있겠느냐고, 용기를 내

부탁했건만······."

"차인 겁니까?"

매우 결례가 되는 표현이라고는 생각했으나, 달리 무어라 말해야 좋을지 몰라 그렇게 물었다.

"아니, 그렇지 않네."

퇴역군인은 온화한 표정을 지우지 않았다.

"그건 아니지. 차인 게 아닐세. 처음부터 무시당했던 게야, 남성으로서."

붉은 머리 청년은 어떻게 반응해야 좋을지 몰라 침묵했다.

"그녀가 '당신은 좋은 사람이다.' 라고 했을 때, 난 패배했음을 깨달았네. '좋은 사람' 이란 여자가 남자에게 바라지 않는 요소지. 좋은 사람이란 속을 다 알아볼 수 있는, 미지의 매력을 느낄 수 없는 남자에게 연민을 담아 사용하는 표현이거든."

"그럴까요······?"

그 단정은 키르히아이스를 다소 불안케 했다.

"그렇게 생각해야 하지 않겠나. 어쨌든 그래도 나는 그녀를 원망하지 않았네. 내가 상처를 입지 않도록 배려해 주었다는 뜻이 아니겠나. 게다가 그녀의 존재는 곧 나의 기쁨이기도 했으니까."

키르히아이스는 노인의 심정을 반 이상 이해할 수 있었다. 그도 또한 마음의 신전에 한 여성을 모셔놓고 있었으니까.

그러나 그것이 완전한 공감으로 이어지기 일보 직전에 멈춘 것은, 역시 노인의 오늘이 자신의 미래 그 자체라고 생각하고 싶지는 않았기 때문이었다.

"그 후에는 결혼을 하지 않으셨습니까?"

"음…… 이런 생각이 옳은지 어떤지 모르겠네만, 인간의 정열에는 일정한 한도가 있고, 나는 요한나에게 이를 다 써버린 것 같네. 아무리 훌륭한 여성과 결혼하더라도, 내겐 의무의 수행일 뿐이겠지. 그래서야 상대에게 실례가 아니겠나."

……결국 이 담화는, 이렇게 명석한 사람이 왜 아를레스하임에서 무참한 패배를 겪었는지 의문만 더했을 뿐이었다.

사이프러스 숲을 에워싼 아침 안개의 베일이 천천히 솟는 햇빛을 받아 진주색에서 장미색으로, 나아가 황금색으로 바뀌고, 습도 낮은 상쾌한 냉기가 활짝 열린 창문을 지나 소리도 없이 밀려들어 온다…….

키르히아이스는 꿈속에 펼쳐진 정경을 기억했다. 제국 수도 오딘 시내에서 멀리 떨어진 프로이덴 산지. 그곳에는 황제의 산장이 있으며, 그는 몇 번인가 라인하르트와 함께 그곳을 찾아간 일이 있다.

"지크…… 일어나렴, 지크."

고막에 스며드는 듯 부드러운 목소리가 꿈의 미로에 울려 퍼졌다. 키르히아이스는 자신을 부르는 사람이 누구인지 알았다. 그를 '지크'라 부르는 사람은 이 세상에 단 한 사람뿐이다. 라인하르트의 누이 안네로제, 그의 마음속 신전에 사는 여성이다. 그녀가 이름을 부르면 아무리 졸려도 눈을 뜨고 뛰어가야만 한다…….

프로이덴 산지의 투명한 풍경이 사라지고, 기능적이지만 소박하진 않은 호텔의 객실로 바뀌었다. 모포와 함께 침대에서 굴러떨어진 자신을 발견했다. 상쾌하다고는 할 수 없는 기분이었다. 머리 한구석이 살짝 지끈거렸다.

기이한 질식감을 수반한 수마가 경험한 적 없는 불쾌한 감촉의 촉수를 드리웠다. 독성 가스인가 하는 의문이 번뜩였으나 기관이나 피부를 자극하는 통각은 없었다. 좀 더 흔해빠진 무언가가 그를 죽음의 문으로 유혹하고 있었다. 키르히아이스는 숨을 멈추고 무거운 눈꺼풀을 의지력으로 간신히 지탱하며 침대 밑의 비상용 산소마스크를 찾아 손을 뻗었다.

소유자의 의지를 좀처럼 따르려 들지 않는 손가락을 열심히 놀려 산소마스크를 장착했을 때 키르히아이스의 폐는 폭발 직전이었다. 만약 누가 산소마스크에도 수작을 부려놓았다면 그의 인생은 20년도 다 채우지 못하고 최종악장으로 돌입했을 테지만, 그렇지는 않았다.

안네로제가 자신을 구해준 것이라고, 폐에 신선한 산소를 가득 채우며 붉은 머리 청년은 생각했다. 좀 더 과학적으로 말하자면 렘수면 상태였던 그의 잠재의식과 생존욕구와 민감한 경계심의 결합이 안네로제라는 인격을 빌려 그의 육체에 각성을 촉구한 것이리라. 하지만 키르히아이스는 안네로제에게 구원을 받았다고 생각하고 싶었으며, 그렇게 한들 그 누구에게 피해를 줄 리도 없었다.

부하들에게 에워싸여 무언가를 지시하던 호프만 총경이 돌아왔다.

"에어컨 배관 내에서 대량의 잔류 이산화탄소가 발견됐습니다."

총경은 겹진 턱을 쓰다듬었다.

"제 생각에는 드라이아이스를 집어넣어, 중령님의 침실에 이산화탄소를 보내 질식시키려 했던 것 같군요. 게다가 아침이 되면 아무런 흔적도 남지 않겠지요. 정말 교묘한 짓입니다."

"동감입니다."

키르히아이스는 빈정거리지도 않고 중얼거렸다.

"중령님, 어제 카이저링 각하와 이야기를 나누지 않았던가요? 무언가 수상한 점은 없었는지요?"

"그분이 범인이라 생각하십니까?"

"어디까지나 가능성을 따질 뿐입니다."

"그분은 중독자에게 목숨을 잃을 뻔했습니다."

"위장일 수도 있지요."

호프만의 발언이 이치에 맞는다는 것은 인정하면서도 키르히아이스가 석연찮아하자, 총경은 살집 두둑한 턱을 쓰다듬으며 말했다.

"물론 편견이나 속단일 가능성도 있습니다. 하지만 어쨌거나 저희는 무언가 단서를 찾아, 그걸 붙잡고 사실의 기슭까지 기어 올라가야만 하거든요. 우리가 움직이면 무언가 반응이 있을 테고요. 게다가 실제로 중령님은 목숨을 잃을 뻔했습니다. 우리에게 도전하는 것이라 보아야겠지요."

총경이 '우리' 라는 복수형 1인칭을 잇달아 썼다는 것을 깨닫고 키르히아이스는 쓴웃음을 지었다.

"제가 미끼로 꽤 도움이 많이 된 모양이죠?"

"……어이쿠, 이거 따끔한걸요."

호프만은 미안해하며 고개를 조아렸다.

"뭐라 드릴 말씀이 없습니다. 하지만 중령님, 제가 카이저링 각하를 용의자로 보는 데 이유가 없지는 않습니다. 군대에서 마약이 유포되면 죽음의 공포도 잊을 수 있지만, 또 한 가지, 지휘관에게도 좋은 점이 있거든요. 다시 말해 습관성 약물은 눈에 보이지 않는 사슬이 되어 중독자를 옭아맨다는 겁니다. 지휘관이 마약을 이용해 부하를 중독시킨다면 부하는 상관의 명령에 반드시 복종해야 할 거 아닙니까?"

총경은 둥그스름한 어깨를 슬쩍 으쓱했다.

"등 뒤에서 총을 맞을 걱정도 없이 지휘관은 가혹한 명령을 내릴 수 있는 셈입니다. 그래서 더더욱 마약의 유혹에 시달리는 사람도 있지 않을까요?"

'끔찍한 이야기로군.'

그러나 분명 있을 수 없는 이야기는 아니었다. 입속에 씁쓸한 타액이 고였다.

"저도 5년 정도 일개 병사로 전장에 나간 적이 있습니다. 솔직히 말해 얼굴도 본 적 없는 적병보다 가학적인 상관이 훨씬 미웠지요. 저는 워낙 성격이 유들유들해 어떻게든 병역을 마치고 제대했습니다만, 마음 약한 동기들 중에는 상관에게 괴롭힘을 당한 나머지 자살한 놈도 있었지요. 기록상으로는 전사 처리됐지만요."

키르히아이스는 내심 당황했다. 총경이 이렇게나 솔직하게 군대를 비판하는 것은 자신을 신뢰하기 때문일까, 아니면 어수룩하게 보기 때문일까.

"생각해보면 원래 병사의 충성심이란 건 말하자면 정신적인 마약 아니겠습니까. 약효가 돌 때는 자아도취의 뜨뜻한 바다에 몸을 맡길 수 있지요. 한번 효력이 사라지면 엉망이 된 자신을 발견할 뿐이지만요."

총경은 키르히아이스의 얼굴에서 무언의 충고를 읽어낸 모양이었다.

헛기침을 한 번 하고 의견 개진을 중지했다.

"중령님께는 다른 의견이 있는 모양이군요. 사실은 저도 말이 좀 지나쳤다고 생각하던 참이었습니다. 뻔뻔한 부탁이지만 잊어 주시면 고맙겠습니다."

"걱정하지 마십시오. 전 원래 기억력이 나쁘니까요."

다소의 씁쓸함을 담아 키르히아이스가 말하고, 문득 생각난 것을 물었다. 바젤이라는 퇴역중장 부부가 오늘 이곳에 도착하지 않았느냐고.

"바젤 퇴역중장 부부라면 분명 그저께 도착하신 것으로 압니다."

"그게 사실입니까, 총경님?"

"물론이죠. 군의 고관이면, 퇴역자라 해도 치안책임자가 된 이상 신경을 써야 하니까요. 그런데 그건 왜 물으십니까?"

애매한 대답으로 얼버무린 키르히아이스는 자리를 떠났다.

레스토랑에 가니 테이블에 앉아 있던 카이저링이 손짓을 했다. 그다지 식욕이 없었으므로 키르히아이스는 웨이터에게 흑맥주에 계란과 벌꿀을 넣어서 가져다 달라고 주문하고, 그것으로 아침식사를 대신했다. 식욕이 없더라도 무언가 뱃속에 넣지 않으면 오늘의 행동에 지장이 올 것이다.

바젤 부부는 이틀 전에 이미 이 위성에 도착했다고 호프만 총경이 말했다. 그러나 눈앞의 카이저링은 그들이 오늘 도착하는 줄 알고 있다. 호텔 방에 틀어박혀 식사도 룸서비스로 때운다면 카이저링의 눈을 피할 수 있을 것이다. 그러나 무엇 때문에 그들은 10년 만에 재회하는 오랜 친구를 속여야 한단 말인가.

크리스토프 폰 바젤은 실의에 빠진 친구보다도 열 살 정도 젊게 보였다. 두 눈에서도 피부에서도 동작에서도 재기와 활력이 짙게 배어 나와, 군인이나 기업가로서 유능하고도 행동력이 있다는 점은 의심할 여지가 없었다. 실제로 퇴역 후에는 어떤 성간수송회사의 경영진이 되었다고 한다.

"경이 지크프리트 키르히아이스인가? 대령? 아, 중령이었지. 그 유명한 라인하르트 폰 뮈젤 제독의 심복이라고 들었네만……."

기분 좋을 정도로 절도 있는 어조였으므로, 라인하르트의 이름을 꺼냈을 때의 냉소 어린 목소리는 하마터면 키르히아이스조차 못 듣고 지나칠 뻔했다. 젊은 장교를 오랜 친구에게 소개한 카이저링은 알아차리지 못한 모양이었다. 바젤 부인 요한나가 우주선 멀미 때문에 호텔에 도착하자마자 자기 방에 틀어박혀 누워 있다는 사실을 들었을 때는 실망하는 표정이 한눈에 드러났다.

"어제는 내 오랜 지기를 위기에서 구해 주었다지? 주제넘은 소리지만 나도 고맙다고 인사를 하고 싶네."

바젤의 목소리에선 우월감으로밖에는 해석할 수 없는 감정이 느껴졌다.

"어젯밤엔 제가 죽을 뻔했습니다."

반발을 억누르며 키르히아이스가 대답하자 바젤은 살짝 눈을 가늘게 떴다.

"허어, 그렇다면 중령은 어제 사건이 돌발적인 것이 아니라 일련의 실로 이어져 있다고 생각하나 보군."

"그렇게 생각하는 편이 자연스럽지 않을까 합니다."

"제법 흥미로운 이야기인걸. 내 오랜 친구가 괘씸한 술책의 희생자가 되다니, 잠자코 방관할 수는 없지. 자세히 알고 싶네만."

"이 이상은 말씀드리는 것이 다소 저어됩니다. 치안책임자에게서 비밀 엄수를 부탁받은 데다, 함부로 추론할 수도 없는 문제라서요."

"그렇다면 극히 일부밖에는 이야기할 수 없다……?"

"예, 정말로, 극히 일부입니다."

발언의 효과를 가늠하며 키르히아이스는 은근슬쩍 강조했다.

"헌데 각하께서는 오늘 몇 시 배로 도착하셨습니까?"

"10시 반이었네만, 그건 왜 묻나?"

"아니요, 아무것도 아닙니다."

이 대답은 고의로 한 것이었다. 바젤이 수긍하지 않으리란 것을 계산하고 자못 의미심장하게 행동했던 것이다. 자신도 점점 사람이 의뭉스러워져 간다는 생각이 들었다.

키르히아이스가 생각에 잠겨 있을 때, 근처의 바 카운터에 앉아 있던 사내가 갑자기 커피잔을 떨어뜨렸다. 손만이 아니라 온몸이 경련했으며, 입가에는 거품이 고여 있었다. 퀭한 눈빛으로 허공을 바라보던 사내는 일어나려다 의자를 세게 넘어뜨렸다. 비난과 언짢음의 시선이 집중되는 가운데, 사내는 돈도 내지 않고 비틀거리며 걸어 나가려 했다. 키르히아이스는 은화 한 닢을 카운터에 던지곤 사내의 뒤를 쫓았다. 사내는 비틀거리면서 적잖은 수의 사람들에게 부딪치고, 그 열 배 이상의 사람들에게 기피당하며 인적 없는 골목 쪽으로 걸어갔다.

키르히아이스는 사내가 어떤 문 안으로 모습을 감추는 것을 확인한 후 몇 초의 간격을 두고 그 문으로 들어섰다.

한순간 현기증이 엄습했다. 몸이 떠오르고, 세반고리관이 항의의 목소리를 질러댔다.

그곳은 플라잉 볼 경기장이었다. 천장 높이는 30미터, 바닥의 넓이는 사방 60미터 정도. 열 명 이상의 선수가 저중력상태에서 자유로이 움직일 수 있는 공간이 확보되어 있었다.

저중력상태에서 겨우 균형을 잡는 데 성공했을 때, 다섯 명의 그림자가 그의 시야를 점거했다. 모두 체격이 다부진 남자였으며, 한 손에는 초경도강 전투나이프의 광채가, 얼굴에는 여유와 악의에 찬 표정이 있었다.

키르히아이스는 쓴웃음을 지었다. 역시 그를 유인하려는 함정이었다. 그는 위험을 알면서도 블래스터를 프런트에 맡겨놓는 모습을 공공연히 보여주고, 제 발로 호랑이 굴에 들어온 것이었다. 달리 선택의 여지는 없었을까 생각해 보았지만, 당장 해결해야 할 과제가 눈앞에 있었다. 상대의 숫자가 생각보다 많았지만 싸워서 살아남고, 가능하다면 저들의 입을 통해 이 인형극에 실을 드리운 자의 이름을 들어야만 했다.

사내들은 번갈아 도약하며 키르히아이스에게 다가왔다. 딱히 허세를 부리려고 뛰어다니는 것은 아니었다. 상대의 주의력을 분산시키기 위해서다. 키르히아이스는 조금씩 후퇴하며, 이 경기장 주위의 벽이 관람객을 위한 강화유리로 이루어졌다는 것, 지금은 셔터를 내려 격리해놓았다는 것을 확인했다. 한순간, 아니, 반순간 만에 전술적 판단을 내렸다. 키르히아이스는 저중력을 이용해 있는 힘껏 뛰었다. 행동은 둘째 치더라도 그 방향은 사내들의 의표를 찔렀다. 붉은 머리 청년은 벽에 달린

레버로 뛰어든 것이었다.

레버를 있는 힘껏 내리는 것과 동시에 벽을 차고 공중에서 한 바퀴 돌았다. 육박한 사내의 나이프는 허공을 가르고, 키르히아이스처럼 가동성이 뛰어나지 못한 사내는 그대로 벽에 처박혔다. 그의 눈앞에서 셔터가 천천히 열렸다.

식물원에서 어슬렁거리는 수십 명의 남녀가 투명한 강화 유리 너머에서 펼쳐진 이상한 광경을 보았다.

"뭐야, 저건? 새로운 게임인가?"

사람들은 얼굴을 마주했다. 그들의 시선 너머에서 5 대 1의 불공평한 전투가 벌어지고 있었다. 사람들은 유리벽에 얼굴과 손을 대고, 공을 패스하는 것이 아닌 유혈과 폭력의 게임을 바라보았다. 술에 취한 목소리가 선언했다.

"좋았어. 붉은 머리에게 500제국마르크 걸었다!"

"하지만 저 친구는 혼자인걸?"

"그만큼 센가 보지. 5 대 1로 핸디캡을 붙일 정도니까. 난 저 친구에게 걸 테니 자넨 5인조에 500 걸어!"

"자네 맘대로 정하긴가?"

그렇게 불평하던 구경꾼이 갑자기 소리를 질렀다. '붉은 머리'의 뒤로 돌아온 사내 하나가 나이프를 힘껏 내지른 것이었다.

그러나 키르히아이스는 상대의 팔을 겨드랑이 사이에 끼었다. 동시에 다른 사내가 반대 방향에서 날아들었다. 키르히아이스는 몸을 획 돌려 자신에게 날아드는 나이프와 자기 몸 사이에 인간의 벽을 만들었다. 자기편의 나이프에 왼쪽 견갑골 안쪽을 제대로 찔린 사내가 요란하게 몸을 경련했다.

시체는 피와 비명의 꼬리를 끌며, 다리 뜯긴 거미 같은 자세로 허공을 떠돌다가 관람석의 강화 유기 유리에 부딪쳐 튕겼다. 새로운 유혈의 구슬이 저중력 공간에 이어지고, 그중 일부가 유리에 부딪쳐 흩어졌다.

"진짜 피다!"

여성의 비명이 솟고 구경꾼들은 놀랐다. 경찰을 부르라는 고함이 여기저기서 터지고 흥분한 목소리가 볼륨을 높였다.

"그렇구만, 진짜로 진짜야. 좋아, 판돈을 1000으로 올리겠어! 그 정도 가치는 있지! 힘내게, 붉은 머리 청년! 자네에게 내 인생을 걸었으니까!"

강 건너 불구경과도 같은 성원은 유리에 가로막혀 붉은 머리 전사의 귀에는 들리지 않았다.

이제 자객들은 구경꾼의 눈을 피할 생각도 없는 모양이었다. 숫자는 하나 줄었지만 공격의 치열함은 2할 정도 늘어났다. 그러나 키르히아이스의 손에도 죽은 자에게서 빼앗은 나이프가 있었다. 포위당하지 않도록 후퇴했을 때, 높이 도약한 적이 위에서 나이프를 찍었다. 1초도 되지 않는 차이로 그 공격을 받아낸 다음 재빨리 손목을 놀려 적의 목덜미에 칼날을 꽂았다.

이제 둘. 그렇게 생각했을 때 다시 현기증이 엄습했다. 중력이 평상시로 돌아온 것이다.

키르히아이스는 50센티미터 정도의 거리를 수직이동했을 뿐, 유연한 관절의 효과와 맞물려 상처 하나 입지 않았다.

천장 부근까지 상승했던 사내들은 처참한 꼴을 면하지 못했다. 낭패와 공포의 외침을 드높이 남기며 돌처럼 낙하해 세라믹 바닥에 처박혔다. 뼈가 박살 나는 소리가 구경꾼들의 비명과 아비규환에 지워지는 가운데, 무장한 대여섯 명의 경관들이 거칠게 인파를 헤치며 달려왔다. 키르히아이스의 운이 좋았던 것이 아니라 그가 부상을 입지 않을 타이밍을 가늠해 중력 스위치를 제동한 자가 있었던 것이다. 바로 그자, 호프만 총경이 근심스러워하는 얼굴로 그를 바라보았다.

"다치지 않으셨습니까, 중령님?"

"예, 어쩌다 보니."

아무렇지도 않게 대답하고 싶었지만 호흡이 흐트러지는 것을 억제하기는 힘들었다.

"관제실에서 신고를 했습니다. 플라잉 볼 경기장의 모니터가 작동하지 않는다고. 제가 아무리 둔감해도 안 좋은 예감이 들 수밖에요."

호프만은 만족스러워했다.

"하지만 5 대 1의 긴급한 상황을 빠져나오다니, 중령님도 대단하시군요."

"3분만 늦게 오셨더라도 칭찬을 듣지 못했을 겁니다."

경관에게 실려 나가는 자객들의 모습에 두 사람이 시선을 보냈다.

"하나는 다리가 부러졌을 뿐 목숨에는 지장이 없으니, 무언가 들을 수 있겠죠."

"그냥 고용된 것일지도 모릅니다."

"바젤 퇴역중장에게 말인가요?"

키르히아이스의 시선에 호프만 총경이 멋쩍은 듯 웃었다.

"중령님의 말씀이 어째 마음에 걸려서 조금 조사를 해봤답니다. 그리고 두 가지 재미있는 사실이 판명되었죠."

"그게 뭡니까?"

"하나는 중령님도 아시는 사실입니다. 바젤 부부가 예정보다 일찍 이 곳 크로이츠나흐 III에 도착해 투숙했다는 거지요."

총경은 키르히아이스를 나무라는 눈초리였으나 그리 강하게 비난할 생각은 없어 보였다.

"이 정도야 금방 알아낼 수 있지요. 가르쳐 주셨더라면 좋았겠지만, 뭐, 괜찮습니다. 좀 더 관심을 가져야 할 사항이 있거든요. 물론 전 가르쳐드릴 겁니다."

호프만은 선언대로 가르쳐 주었다. 그리고 이야기를 듣기 전의 웃음 어린 분위기는 순식간에 몸속에서 사라지고 말았다.

키르히아이스는 다시 카이저링의 객실을 방문했다. 늙은 퇴역군인은 그를 맞이하며 의문과 함께 가벼운 경계의 빛을 띠었다. 다시 말해 키르히아이스의 태도에서 그럴 만한 무언가가 느껴졌던 것이다. 커피 룸서비스를 주문하려는 연장자의 호의를 사절하고, 붉은 머리 청년은 낮은 목소리를 냈다.

"각하, 아를레스하임 회전 때, 각하께서는 함대 사령관이셨고 바젤 중장은 후방주임참모로 보급 부문의 책임자였죠?"

당시 카이저링은 중장이었으며 바젤은 소장으로서 그의 밑에 있었다. 그리고 바젤은 사이옥신 마약을 소지해 참고인으로서 헌병대의 호출을 받았으며, 카이저링의 증언 덕에 무죄 방면되었다. 제국군이 참패한 것은 그로부터 한 달 후였다.

"그때 제국군이 혼란에 빠진 이유는 기화한 사이옥신 마약이 흘러나가 장병들이 급성 중독에 빠졌기 때문이지요?"

퇴역군인은 입을 다물고, 표정에 블라인드를 내렸다. 그 태도야말로 숨길 수 없는 대답이었다.

"각하께서는 그 사실을 군사재판에서 주장하시지 않았습니다. 그랬더라면 죄는 바젤 중장에게 돌아갔을 겁니다. 각하께서는 침묵으로 옛 연적을 지켜 주셨습니다. 그렇지요?"

힐문하는 어조가 되어서는 안 된다고 생각하면서도 목소리에 격렬한 감정이 깃들 것 같았다. 너무나도 일방적인 희생이 아닌가. 카이저링은 군에서 쫓겨났는데도, 바젤은 그 후 중장까지 승진해 처지는 역전되었다.

"왜 그러셨습니까? 왜 그렇게 해서까지 바젤 중장을 감싸셔야 했던 겁니까?"

카이저링은 천천히 두 손을 깍지 끼었다.

"그리 어려운 의문은 아닐세. 그녀가…… 요한나가 선택한 남자가 범죄자여선 안 되기 때문이지. 요한나는 그녀에게 어울리는 남자를 선택했네. 그녀에게 어울릴 만한, 고결하고 참된 남자를……."

키르히아이스는 창졸간에 무어라 반론해야 좋을지 알 수 없었다. 이것은 신앙이라고 해야 할까, 아니면 환각일까? 이치를 따져가며 비난될 수 있을까?

"하지만 각하의 명예는 어떻게 되는 겁니까?"

"내 명예는 중요하지 않네. 애초에 아군의 혼란과 도주를 저지하지 못했던 것은 사실이니. 군사재판은 내게 부당한 죄를 뒤집어씌웠던 것이 아닐세."

"그럼 말을 바꾸지요. 부당한 것은 각하께서 죄인이 된 것이 아니라, 바젤 중장이 죄를 면한 것입니다. 그 부당함을 고치고자 증언하실 생각은 없으십니까?"

"아니, 난 그럴 수 없네, 중령. 만일 내가 그를 적발하는 데 협력한다면 추한 질투 때문에 40년 전의 세월을 잊었다는 말을 듣지 않겠나."

망설이기는 했으나 키르히아이스는 이 말을 할 수밖에 없었다.

"각하, 실례지만 각하께서는 과거에 무능한 비겁자라는 부당한 오명을 감수하시지 않았습니까? 사랑하는 이를 위해 그 오명을 받아들이실 수는 있어도, 마약에 중독된 사람들을 위해서는 그러실 수 없다는 말씀입니까?"

늙은 퇴역군인의 눈썹이 축 늘어졌다. 침묵은 약간 길게 이어졌다.

"내가 전에 미처 말하지 못했던 모양이군. 젊다는 것은 정의를 추구하는 데 주저하지 않는 것이라는 말을. 3년 전, 나는 이미 그 젊음을 잃었네. 나는 그녀를 불행하게 하고 싶지 않다는, 오직 그 마음뿐이었네만……."

목소리는 무거웠으나 부드러움을 잃지는 않았다.

"그러나 성의나 애정이, 이를 받는 자에게는 부담일 수밖에 없는 경우도 있지. 인생은 초급 수학이 아니라서 방정식으로 모든 것을 해결할 수는 없네. 애정을 쏟았을 때 그와 같은 결과가 돌아온다면 인생이 얼마나 단순명료하겠나."

미하엘 지기스문트 폰 카이저링은 자신을 채찍질하는 표정을 지었다. 키르히아이스는 숨을 죽였다.

"중령, 자네가 옳네. 나보다도 옳아. 내가 3년 전에 사실을 밝혔더라면 적어도 그 이후의 사이옥신 중독자는 막을 수 있었을 것을. 나는 내

감상 때문에 수많은 병사를 희생하고 말았네. 그들에게도 사랑하는 이가 있었을 테고, 손에 넣고 싶은 것, 지켜야 할 것이 있었을 텐데……."

머리를 감싸 쥔 늙은 퇴역군인이 중얼거렸다.

"나는 구제할 길 없는 자아도취에 빠져 있었네. 아무도 행복하게 해주지 못했어……."

한 시간 후, 키르히아이스는 입체 영상에서 본 노부인 요한나 폰 바젤과 처음으로 대면했다. 그녀는 남편과 다른 방을 쓰고 있었다. 예약보다 일찍 도착했기 때문에 빈 객실이라고는 서로 다른 싱글 룸밖에 없었던 것이다. 그렇게까지 해서 일찍 도착해야 했던 것이 바젤 부부의 기이한 행동을 강조해주는 방증 중 하나가 될지도 모른다. 다만 객실은 충분히 넓었으며, 기분 좋은 내장과 고풍스러운 난로를 갖추어 아늑해 보였다.

입체 영상에 비하면 실물이 약간 야윈 것 같기는 했으나, 기품 있는 미모는 키르히아이스의 상상을 배신하지 않았다.

"미하엘의 대리로 오셨다고요? 수고 많았어요."

"예, 어쩌다 보니 그렇게 됐습니다."

사실이라고는 해도 기묘한 대답이라고 키르히아이스는 생각했다. 카이저링이 오랜 숙원을 포기하고 자기 객실에 틀어박힌 것을 심약하다 나무랄 마음은 없었다. 키르히아이스가 사정을 설명하려 하자, 노부인은 부드럽게 이를 가로막았다.

"아마 당신이 하려는 이야기는, 지금 미하엘이 남편 크리스토프의 죄상을 폭로하려 하니 양해해 달라는, 그런 말씀이시겠지요?"

키르히아이스는 자신도 모르게 등을 쭉 펴고 말았다.

"어떻게 아셨습니까?"

"왜냐하면 이 위성에 마약밀매조직 우두머리가 온다고 경찰에 밀고 한 것은 나였으니까요."

키르히아이스가 놀란 것은 노부인의 고백에 놀라지 않는 자기 자신 때문이었다. 이유도 없이 그럴 가능성을 염두에 두었던 것이다.

"저는 크리스토프에게도 익명으로 알렸답니다. 당신의 악행을 아는 자가 있다. 당장 손을 떼면 사법기관에는 알리지 않겠다고. 하지만 역효 과였지요."

"바젤 중장님은 그 메시지를 카이저링 소장님께서 보낸 협박이라 생 각했겠군요. 그래서 중독자를 자객으로 보냈고, 그 효과를 확인하기 위 해서라도 예정보다 일찍 크로이츠나흐 III에 도착해야 했고……."

"맞아요, 젊은이. 당신의 추측대로예요."

요한나의 태연함이 젊은 키르히아이스에게는 약간 기이하게 여겨 졌다.

"카이저링 각하께서는 위험을 예측하실 수 없었을 겁니다. 그러나, 실례지만 부인을 사랑하신 분입니다. 주제넘은 소리라는 것을 알면서도 말씀드리자면, 어떻게든 배려를 해 주실 수는 없었습니까?"

지나치게 조용한 목소리가 대답했다.

"젊은이, 내가 누구에게 사랑을 받는가는 중요하지 않아요. 내가 누 구를 사랑하는가가 중요하지요."

대답에 궁색해지는 경우가 최근 2, 3일 사이에 몇 번인가 있었으나 이 것도 그중 하나에 속할 모양이었다.

"미하엘이 크리스토프보다 선량하고 성실한 사람이란 것은 나도 잘 알아요. 하지만 젊은이, 인간적인 평가가 높은 것과 애정의 깊이 사이에는 아무런 관계도 없답니다."

키르히아이스의 가슴속을 한순간 날카로운 아픔이 가로질렀다. 노부인이 했던 말은 진실이었으며, 수많은 진실 속에서도 겨울의 영역에 속하는 것이었다.

"······그래요. 1년쯤 전, 저는 남편이 어느 시대에도, 어떤 정치체제에서도 용납될 수 없는 죄인이라는 것을 알았지요. 미하엘의 마음을 이용해 군사재판의 피고석에 서는 것을 모면했다는 사실까지도. 나는 40년 전처럼 셋이 이곳에서 만나자고 제안했어요. 남편이 미하엘에게 사과를 하면 좋겠다고 생각해서. 그러느라 잔꾀도 부렸지요. 하지만 남편이 예정보다 이틀 일찍 이곳에 도착하겠다고 결심했을 때, 제 어설픈 의도는 빗나갔던 거예요······."

바젤 퇴역중장은 중후할 만큼 침착한 태도로 붉은 머리의 젊은 중장을 맞이했다. 설령 허세라 해도, 악덕으로 가득 찬 이 사내에게 그에 어울리는 그릇과 관록이 있음을 인정할 수밖에 없었다.

"다섯이서 하나를 헤치우지 못하다니, 나도 참으로 하찮은 부하들을 두었군. 유감이지만 실패를 인정할 수밖에 없겠어. 적당한 금액으로 합의해 주지 않겠나, 중령?"

뻔뻔한 요청에 청년은 아연실색했다.

"당신이 전쟁 속에서 부당하게 얻은 것을 갈취하고 싶지는 않습니다."

"키만 큰 붉은 머리 애송이 친구, 전쟁이란 원래 이익이 되는 게야."

오히려 느긋하게 설교를 시작한다.

"생각해보게. 이익을 얻는 자가 있기 때문에 전쟁이 일어나는 걸세. 아무도 이익을 얻지 못하는 사회 시스템이 살아남을 수는 없지. 그리고 살아남은 이상, 당연히 효과적으로 이용할 방법을 생각해야 하지 않겠나?"

"당신과 전쟁철학을 논하러 온 것이 아닙니다."

끓어오르려는 감정의 고삐를 열심히 당기며 키르히아이스는 대답했다. 자칫하면 몰래 가져온 블래스터로 손이 움직일 것 같았다.

"현재 상황을 인식하는 것, 긍정하는 것, 악용하는 것은 각각 다른 행위일 텐데요. 당신 개인의 이익을 위해 병사들이 심신을 오염당할 이유가 어디 있습니까?"

"돼지는 인간에게 먹히고자 존재하는 것이지, 인간을 먹으려고 사는 것이 아닐세. 조금 과장해서 말하자면 그것이 우주의 섭리라는 걸세, 중령."

"병사는 돼지가 아니야!"

"화가 나나? 하지만 중령, 자네도 병사들을 전장에 떠밀어 오늘날의 지위를 얻지 않았나? 경은 틀을 지켰고, 나는 다소 벗어났을 뿐일세. 그저 그 정도 차이일 뿐이지."

"……."

"고발하고 싶다면 고발하게나. 그러나 아무런 물증도 없을 텐데. 내 제안을 받아들이는 것이 현명할걸."

"물증 대신 카이저링 퇴역소장의 증언이 있다."

"청혼했다가 차인 사내의 넋두리를? 우습지도 않군."

"그리고 요한나 부인의 증언도 있다. 이것도 무시할 텐가?"

바젤의 미간에 처음으로 골이 생겼다. 키르히아이스가 요한나의 발언을 간결하게 요약해 들려주자 골은 더더욱 깊어졌다. 혀를 차는 소리가 날카롭게 들렸다.

"그래? 그런 거였나? 요한나는 40년 전에 미하엘을 찼던 부담을 그런 식으로 썻으려는 게로군. 머리를 숙여야 할 것은 그녀가 아니라 나니까. 정말 마음 편하겠는걸."

"당신은 그런 식으로밖에 생각하지 못하나!"

"그러니 이제까지 살아남은 것 아닌가."

바젤은 싸늘하게 내뱉더니 붉은 머리의 탄핵자에게 엷은 웃음을 지었다.

"키르히아이스 중령, 자네는 칭송받아 마땅한 기질의 소유자인 모양이네만, 조금 더 머리를 굴려야 오래 살 수 있을 걸세."

"쓸데없는 참견 마라."

분노와 젊음이 키르히아이스의 어조를 난폭하고 타협 없는 것으로 바꾸었다. 분노는 자각했으나 젊음은 자각의 영역 밖에 있었다. 원래 격정을 능숙히 자제하는 성격이었지만 그것도 한계가 다가왔다.

"쓸데없는 참견이리. 하지만 내 처지에서 보자면 3년 전 카이저링이 했던 짓이야말로 쓸데없는 참견이었네. 부탁도 하지 않았는데 스스로 죄를 뒤집어쓰고, 내게 말없이 빚을 지우려 했지. 놈은 옛날부터 그런……."

바젤은 입을 다물었다. 문이 열리고 키르히아이스의 등 뒤에서 관헌들이 몰려든 것이었다.

"이야기는 다 끝났습니까, 중령님?"

물었으면서도 대답을 기다리지 않고 호프만 총경은 약간 흥분한 얼굴로 바젤을 쳐다보았다.

"바젤 퇴역중장 각하, 각하의 부하가 살인미수 현행범 혐의로 체포된 것은 잘 아시겠지요? 조금 전 겨우 자백을 얻었습니다. 각하를 살인교사 혐의로 구속하겠습니다. 일단은."

마지막 한마디가 총경이 보일 수 있었던 최고의 조소였을 것이다. 바젤은 험악한 눈으로 난입자의 무리를 한 차례 훑어보았다.

"감히 총경 따위가 어딜 나서나. 나는 제국군 퇴역중장이다. 민간인과 똑같이 취급하는 이 무례를 어떻게 씻을 생각인가?"

총경은 도전적으로 가슴을 폈다.

"실례지만 각하, 순수한 형사사범, 그중에서도 살인, 마약사범, 유괴 등의 중범죄는 신분질서를 고려할 필요가 없다고 내무성의 규정에도 명기되어 있습니다."

"하급 공무원 주제에, 고작 일개 관청의 규정을 내세워 퇴역장성인 나를 구속하겠다고?"

"불만이 있으시다면 군사재판에 맡겨도 좋습니다. 카이저링 각하도 증인이 되어 주실 테고, 소지품을 수색하면 확실한 증거도 나올 테니까요."

바젤은 한쪽 뺨을 일그러뜨렸다.

"……그래? 아무래도 내가 진 모양이로군. 알았네, 깔끔하게 인정하지. 마지막으로 아내에게 한마디 남기는 것은 허락해 주겠나?"

바젤은 옆방으로 통하는 TV 전화의 음성 스위치만을 켜더니, 기이하게 표정을 번뜩이며 간과할 수 없는 말을 했다.

"요한나, 나다. 당신 방의 책상 위에 내 서류가방이 있지? 그 내용물을 지금 당장 태워버려!"

232

키르히아이스는 눈을 크게 뜨고, 호프만 총경은 펄쩍 뛰었다. 군대 내 마약조직의 두목은 입술을 반달 모양으로 일그러뜨리며 무시무시한 조소를 지었다.

"들었을 텐데? 나는 그저 내용물이라고만 했다. 그것이 증거품이라는 것을 어떻게 증명할 테냐?"

키르히아이스는 몸을 돌렸다. 호프만이 지휘하는 경관대는 반대 방향으로 달려 바젤에게 쇄도했다. 말없이 역할을 분담한 것이다.

옆방으로 뛰어간 키르히아이스는 고풍스러운 난로 앞으로 서류 다발을 들고 다가가려는 노부인의 모습을 발견했다.

"그 자료를 이리 주십시오, 부인. 그것이 있으면 크리스토프 폰 바젤 중장을 고발할 수 있습니다. 마약사범으로서, 군대 내 비밀범죄조직의 주범으로서, 아를레스하임 패전의 진정한 책임자로서. 카이저링 소장님의 오명을 풀어드릴 기회를 주십시오!"

노부인은 살짝 웃었다.

"젊은이, 나는 크리스토프를 죄인으로 만드는 데 협조할 수는 없어요. 그에게 부탁받은 일을 실행할 겁니다."

"부인……"

"저는 이것을 태우겠어요. 말리고 싶다면 나를 쏘시지요."

"부인……!"

"옳은가 그른가, 선한가 악한가는 내겐 아무런 상관이 없어요. 크리스토프가 스스로 죄를 인정하지 않겠다면, 나도 남편의 죄를 인정할 수 없습니다. 내게는 그럴 자격이 없으니까요. 나는 그이에게 어울리지 않는 보잘것없는 여자예요……"

키르히아이스는 노부인을 쏘아야만 한다는 것을 잘 알았다. 그녀가 자료를 태우려 한다면, 카이저링을 위해, 호프만 총경을 위해, 다른 수많은 사람들을 위해, 그리고 자신을 위해서라도 노부인을 쏘아야만 한다. 잘 알았다. 그러나 동시에 또 한 가지도 알았다. 무기를 들지 않은 노부인에게 총구를 들이댈 수는 있어도 방아쇠를 당길 수는 없다는 것을.

라인하르트라면 당겼으리라. 설령 주저하더라도 겉으로는 드러내지 않고 해야 할 일을 했으리라. 그것이 자신이 라인하르트를 넘어설 수 없는 이유였다.

무력감에 시달리며 키르히아이스는 총을 겨눈 채 가만히 서 있었다.

요한나 폰 바젤 부인은 손에 든 서류 다발을 난로의 불길에 가져갔다. 그 동작은 매우 느릿했다. 어쩌면 그녀는 총에 맞기를 바라는 것이 아닐까……

섬광이 키르히아이스 옆을 가로질렀다.

붉은 머리 청년은 전장에서 용기와 담대함으로 남에게 뒤진 적이 없다. 그러나 이때 그는 자신의 지각을 제어하지 못했다. 시야에서 색채가 사라지고, 노부인은 가슴에서 어두운 색깔의 액체를 흘리며 바닥에 쓰러졌다. 불에 타지 않은 서류다발이 허공에 흩어졌다가 마지막 한 장이 바닥에 떨어졌을 때, 그제야 키르히아이스는 사람의 몸이 바닥에 부딪치는 소리를 들었다.

키르히아이스는 시선을 돌렸다. 블래스터를 든 미하엘 지기스문트 폰 카이저링이 서 있었다. 활짝 열린 문으로 경관들이 난입했다. 블래스터가 바닥에 떨어졌다. 카이저링은 죄인처럼 고개를 숙이고 노부인 곁에 무릎을 꿇었다.

"요한나, 요한나……."

노인은 죽는 순간까지 그를 부정하기만 했던 여성의 이름을 불렀다. 키르히아이스는 묵묵히 고개를 가로저었다. 붉은 머리가 그 동작에 맞춰 찰랑거렸다. 그는 자신이 말을 걸어서는 안 된다는 것을 잘 알았다.

서류 다발을 갓난아기처럼 소중하게 안은 호프만 총경이 속삭였다.

"이것만 있으면 바젤 중장을 고발할 수 있겠습니다. 중령님께서 참으로 많은 수고를 하셨습니다."

"저는 아무것도 안 했습니다."

붉은 머리를 쓸어 넘기며 키르히아이스가 속삭였다.

"카이저링 각하께서 스스로 오명을 설욕하신 거지요."

막대한 양의 감정을 반올림해 키르히아이스는 그렇게 표현했다. 언젠가 일련의 사건이 공표된다면 제국의 공식기록은 그렇게 남을 것이다. 불명예스러운 패전 책임자로 처벌받았던 자가 사실은 고풍스럽지만 격조 있는 기사騎士였다고. 공식기록이란 것은 그 정도면 족하다. 그 문자가 피와 눈물로 흐려져선 안 된다. 그러나 사람 하나하나에게는 서로 다른 기억이 새겨져도 되지 않을까.

키르히아이스에게 중요한 것은 안네로제의 사랑을 얻는 것이 아니었다. 그가 안네로제를 사랑한다는 사실이었다. 미하엘 지기스문트 폰 카이저링이 후회하지 않았던 것처럼, 요한나 폰 바젤이 후회하지 않았던 것처럼, 지크프리트 키르히아이스도 결코 후회하지 않으리라……

그 마음이 키르히아이스 자신의 기록이었으며, 이번 이틀을 분명히 살아갔다는 증명이었다.

도착한 우주선에서 수많은 용모와 복장을 한 사람들이 흘러나왔다. 그러나 호화로운 황금색 머리카락을 발견하기란 키르히아이스에게 그리 어려운 일이 아니었다. 라인하르트도 남들보다 훨씬 높은 위치에 있는 붉은 머리를 쉽게 발견했으리라.

"키르히아이스!"

생기와 음악성이 넘쳐나는 그 목소리가 매우 그립게 느껴졌다.

가벼운 발로 다가오는 금발의 젊은이는 살짝 발을 들며 붉은 머리 벗의 어깨에 팔을 걸쳤다.

"어때, 나 없는 동안 활개 좀 폈어? 잔소리 많은 단짝이 없어 시원했지?"

"아니요……."

붉은 머리 청년은 진지하게 고개를 가로저었다.

"전 라인하르트 님의 곁에 있을 때 가장 자유롭다는 것을 잘 알았습니다."

라인하르트는 푸른 얼음빛 눈동자로 벗을 바라보며, 그 누구도 흉내낼 수 없는 미소와 함께 나긋나긋한 손가락을 뻗어 붉은 머리카락을 얽었다.

"그럼 나도 네 곁에서 활개를 펴 볼까. 우선 재회를 축하하며 포도주를 한잔하자. 그다음엔, 괜찮다면 무슨 일이 있었는지 들려줘."

거대한 가스행성은 두 청년을 내려다보며 한순간마다 다른 색의 띠를 감고 있었다.